Martin Freund • Zwischenweltenzeit

Martin Freund

ZWISCHEN WELTEN ZEIT

Roman

Bibliografische Information der Deutschen Nationalbibliothek
Die Deutsche Bibliothek verzeichnet diese Publikation in der Deutschen Nationalbibliografie; detaillierte bibliografische Daten sind im Internet über http://dnb.ddb.de abrufbar.

www.wenz-verlag.de

Martin Freund
Zwischenweltenzeit
Roman

Dreieich bei Frankfurt/M.
Lektorat: Tanja Drechsel

Umschlaggestaltung: im Verlag

Printed in EU

ISBN 978-3-937791-48-7

*„Glaube denen, die die Wahrheit suchen,
und zweifle an jenen, die sie gefunden haben."*

(André Gide)

UNTEN

„Wir leben in Zwischenweltenzeiten." Das hat Großvater, zumindest mir gegenüber, immer und immer wieder betont, und meinte damit, dass es nach den langen und furchtbar dunklen Jahren hier unten bald wieder hinaufgehen wird ans Tageslicht der Erde. Dorthin, woher wir Menschen kommen und wo wir leben sollten.

Und nun ist er tot. Nach 183 Jahren, 87 Tagen, 15 Stunden und 36 Minuten ist er gestorben, der Mann, der sich von mir nur „Großvater" hat nennen lassen.

Sein wirklicher Name? Ich kenne ihn nicht. Doch ist diese Unkenntnis in irgendeiner Form von Bedeutung für mich?

183 Jahre dauerte sein Leben seiner eigenen Berechnung zufolge. Es war eine Berechnung, die er akribisch verfolgte wie ein Buchhalter. Keinen Tag ließ er aus – obwohl es hier, wo wir uns befinden, keine sichtbare Unterscheidung gibt zwischen Tag und Nacht.

183. Ist er mit dieser Anzahl an Jahren alt geworden? Oder musste er jung sterben? Ich weiß es nicht einzuschätzen. Wie auch? Mir sagen Zahlen und Begriffe wie „Jahre" oder „Monate" nicht wirklich viel. Natürlich, Großvater hat mir deren Bedeutung erklärt, und dennoch sind sie nichts als leere Hülsen in meiner beschränkten Begriffswelt.

Letztendlich ist es gleichgültig, denn selbst wenn er erstaunlich alt geworden wäre: Der Tod kam zu früh, viel zu früh.

Sein Sterben bedeutet eine Zeitenwende für mich, eine Zäsur. So wie er selbst inmitten einer Zeitenwende geboren wurde. Darauf hat er zumindest während unzähliger Gespräche immer wieder hingewiesen.

Ewigkeiten scheinen sie her zu sein, unsere Gespräche. Seit Ewigkeiten scheint er verstummt. Dabei sind erst eine Stunde und 21 Minuten seit seinem letzten Atemzug vergangen.

Woher ich so genau weiß, wie lange er nicht mehr bei mir ist? „Taschenuhr" hat Großvater ihn genannt, manchmal auch „Chronograph", den Zeitmesser, den ich in meiner Hand halte, als könne mir dieser Gegenstand Trost spenden. Anhand dieser Uhr, golden, mit einem weißen Ziffernblatt und filigranen, verschnörkelten Zeigern, hat er mir beigebracht, die Zeit zu lesen. Alt, sehr alt sei dieses kleine technische Wunderwerk, hat er mir gesagt. Aber es funktioniert noch immer.

Beides, die Uhr und das Verständnis dafür, ist Teil von Großvaters Vermächtnis an mich. Er übergab sie mir vor ein paar Wochen, als wir uns zum Schlafen legten. Direkt feierlich war mir zumute, als ich das kostbare Stück das erste Mal in meinen Händen hielt. Und er ermahnte mich, jeden Tag das Uhrwerk mittels des kleinen Rädchens am Gehäuse aufzuziehen, da ansonsten die Zeit ein für alle Mal verloren ginge. Ich konnte nicht schlafen in dieser Nacht, zu groß war meine Angst, das Schlimmste, nämlich das Verstummen des ewigen Tickens, könnte tatsächlich eintreten.

Für mich indes ist es nun so weit: Ich muss Abschied von ihm nehmen und mich auf den Weg machen, auf den er mich seit exakt 10 Jahren, 208 Tagen, 5 Stunden und inzwischen 25 Minuten vorbereitete. Eine Zeitspanne nach seiner ureigenen Zählweise, die er sich in seinem Kopf zurechtgelegt hat. Zeit, die zudem von der Taschenuhr festgehalten wurde. Ja, auch das vermag diese phänomenale Uhr, denn in ihrem Gehäuse tickt ein zweites Uhrwerk nur für uns, für unseren gemeinsamen Lebensweg.

Wann wird mir wirklich und wahrhaftig bewusst werden, dass er nie mehr neben mir herrollen wird in seinem klappernden, ratternden Rollstuhl? Wann wird der Zeitpunkt kommen, da ich diese Geräusche nicht mehr vermissen werde, so wie den Klang seiner Stimme, sein Lachen – oder sein Zetern, wenn er in Rage geriet? Wann werde ich die 10 Jahre, 208 Tage, 5 Stunden und 25 Minuten das erste Mal vergessen?

Zeitenwende ... leben in Zwischenweltenzeiten ... – welch dramatische Worte. Und doch passend, wenn ich bedenke, was er mir alles erzählt hat während der Stunden, Wochen und Jahre, die wir gemeinsam verbrachten, ganz allein in der Dunkelheit. Als wir unsere eigenen, einsamen Wege gingen auf der Suche nach der Erinnerung, er und ich und die Kleine, in all der Zeit, da wir drei uns, nur uns und sonst niemanden hatten.

Nun sind er und die Kleine tot, und ich werde mich fortan an das machen, was zu tun ich ihm so oft versprechen musste: Ich werde hinaufgehen, die wahre Welt für mich entdecken, und ihre Veränderung festhalten. Die Veränderung, die ihren Anfang nahm, als er, Großvater, gerade eben geboren wurde, er das „Licht der Welt erblickte“ sozusagen.

„Licht der Welt“ – bei ihm war dieser Begriff noch wörtlich zu nehmen. Ich hingegen kenne nichts als die Finsternis unserer Unterwelt und künstlich erzeugte Helligkeit. Nur ab und an komme ich in den Genuss kaum mehr wahrnehmbarer Lichtstrahlen, die über senkrechte Schächte, unsere einzige Verbindung zu der angeblich nicht mehr existenten Welt dort oben, in unser Leben eindringen.

Mein Weg, so Großvaters Wille, soll mich hinaufführen an die Oberfläche. In jene Welt, die es laut einer, so nannte er es, „perfekten Propagandamaschinerie“ nicht mehr gibt; von der, so wird erzählt, nurmehr lebensfeindliche Überreste existieren.

Eine Welt soll ich betreten, die er mir in den buntesten und schönsten Farben beschrieb, was im extremen Gegensatz zu den Bildern steht, die ich von offizieller Seite her von Geburt an vorgezeichnet bekam.

Ob ich auch nur im Ansatz begreife, was „Farbe“ tatsächlich bedeutet? Seitdem wir uns gefunden hatten und gemeinsam unterwegs waren, in den Labyrinthen aus Dunkelheit und Einsamkeit, wurde er nicht müde, mir von diesen Farben zu erzählen, sie mir mittels Bildern und Beispielen zu erklären und in meiner Vorstellung sichtbar zu machen.

Immer weiter und weiter führten uns unsere Wege fort von denen, die immer tiefer in die Erde eindringen, und immer ging es aufwärts, weg von der Enge, dem Lärm und den Lügen der Unterwelt.

Und doch bin ich noch immer so entsetzlich weit entfernt von oben. Dass es noch eine lange Strecke hinauf ist, das weiß ich, denn Großvater zeigte mir ab und zu auf alten Karten die Wege, die wir bereits hinter uns gelassen hatten und die, die noch vor uns, jetzt vor mir allein, liegen.

Es waren die unterschiedlichsten Gänge und Wege, die wir während unserer endlosen Wanderungen beschritten. Mal breit und asphaltiert, sodass ich Mühe hatte, dem rollenden Großvater zu folgen. Dann wieder eng und kurvig, voller Spalten und Risse im Boden oder mit Schlaglöchern übersät, die ein Vorankommen nahezu unmöglich machten.

Zum Glück wurden all diese Wege von einem fluoreszierenden, von den Felswänden ausgehenden Licht erhellt. Auch jetzt schimmert es matt, doch es ist, das hat Großvater immer wieder beteuert, kein natürliches Licht. Mir ist das im Grunde gleichgültig, denn ich kenne ja nichts anderes; von „natürlichem Licht“ habe ich keine Ahnung. Ich bin nur froh, dass es nicht stockfinster ist.

Wie aber das Licht in die Felswände kam? Großvater wüsste es, ganz bestimmt, aber es war mir nie wichtig genug, danach zu fragen. Und nun? Nun ist es zu spät.

Großvater: Er hat mich gelehrt, was Menschsein in Wirklichkeit bedeutet, neben der Beherrschung der Technik und der Kunst des Überlebens in Regionen, für die wir Menschen nun wahrlich nicht geschaffen sind. Er hat mir beigebracht, wirklich und wahrhaftig Mensch zu sein.

Gezeigt und erklärt hat er mir, was Musik ist, was Literatur bedeutet, Malerei, die Kunst im Allgemeinen und was man damit zu erreichen vermag. Er hat zu meiner großen Freude und Begeisterung Melodien gepfiffen oder Lieder gesungen. Er gab mir seine Bücher zu lesen und zeigte mir Abbildungen der Werke großer Künstler, anhand derer ich erahnen konnte, was die Menschheit einst zu leisten imstande war. All die Eigenschaften des Menschen, die hier unten in der Dunkelheit verkümmert sind über Jahre und Jahrzehnte – er hat sie bewahrt. Und seine ganze Kraft und sein Streben darauf ausgerichtet, sie, zumindest das Wissen um die Existenz dieser menschlichen Fähigkeiten, an mich, ja, ausgerechnet an mich, weiterzugeben. Er sprach dabei von Freundschaft und Liebe, von Familie und Zusammengehörigkeit, von Gefühlen und Erinnerungen.

„Das, was uns hier in der Dunkelheit, in diesem ‚neuen' Leben neben dem Sonnenlicht und der reinen Luft zum Atmen am meisten fehlt, mein Junge" – er nannte mich immer „mein Junge", niemals anders – „sind Humanität und Humanismus. Mit dem Verlust von Tag und Nacht, von Natur und Freiheit ist uns Menschen jegliche Menschlichkeit abhandengekommen. Wobei diese Formulierung nicht richtig ist, Junge. Wir wurden ihrer beraubt. Es gibt nur noch wenige, die wissen, was es wirklich bedeutet, sich wahrhaftig ‚Mensch' nennen zu dürfen, und du sollst einer derjenigen sein, die diesen Schatz des Lebens bewahren und weitergeben werden."

Ich nickte eifrig bei solch pathetischen Ausbrüchen, wie ich so oft nickte, wenn Großvater zu mir sprach. Dabei vermochte ich damals noch nichts mit den Begriffen Humanität und Humanismus anzufangen. Der alte Mann wusste das, doch er wusste auch, dass ich, sobald er eingeschlafen wäre, das dicke Lexikon zur Hand nehmen und nach den von ihm genannten Begriffen suchen würde. Und er schlief phasenweise sehr viel, fast so viel wie unsere treue Begleiterin. In manch anderer Woche hingegen schien er überhaupt nicht zu schlafen.

Er wusste auch, dass ich, sollte mir die Begriffsklärung einmal nicht ausreichen, bei ihm nachfragen würde. Denn von ihm erhielt ich die Auskunft, die ich brauchte, um zufrieden zu sein. Immer und auf alle Fragen.

Doch das ist nicht ganz korrekt. Fast immer, so muss es heißen, und auf fast alle Fragen.

Wir gingen, nein, ich ging, die Kleine ging, Großvater fuhr durch einen dieser stollenartigen Gänge, bis er vor 23 Tagen, 8 Stunden und 17 Minuten erklärte, es wäre Zeit, den richtigen Platz zu finden. Um zur Ruhe zu kommen und nochmals Kraft zu schöpfen vor der letzten, der entscheidenden Etappe. Einer Etappe, von der nicht einmal er mir sagen konnte, wie viele Tage, Wochen oder sogar Monate sie dauern würde – für ihn, für mich und unsere kleine, treue vierbeinige Begleiterin.

„Wir sind weit genug gekommen, Junge!", sagte Großvater, als er sich – zum letzten Mal, aber das wusste ich in dem Moment noch nicht – aus dem Rollstuhl in die Höhe schraubte und auf den kalten Boden niedersinken ließ in der höhlengleichen Nische am Wegesrand, die er als unser Quartier für jene Nacht auserkoren hatte.

„Hinter dem Felsen dort", seine Hand zitterte, als er sie hob, um mir die Richtung zu weisen, „dort beginnt ein weiterer Anstieg, der dich letztendlich bis hinauf an das Tageslicht und damit weg aus der Zwischenweltenzeit und hinaus in die Freiheit des wahren Lebens bringen wird."

„Und du, Großvater? Was ist mit dir?", fragte ich bang, und vermochte das Beben meiner Stimme nicht zu unterdrücken.

„Ich hätte dich so gerne noch ein weiteres Teilstück begleitet. Doch du siehst ja, ich bin müde, und der Weg da hinauf, mit meinem Rollstuhl …"

Er schüttelte resignierend den Kopf. „Ruhe dich gut aus, bevor du aufbrichst. Denn es wird mühsam und anstrengend werden, diese letzte und letztendlich entscheidende Etappe zu bezwingen. Und du wirst den Weg allein gehen müssen. Aber du wirst es schaffen, hab keine Sorge. Ja, du wirst alle Schwierigkeiten meistern. Das wusste ich bereits, als ich dich das erste Mal sah! Und du wirst erkennen: Es lohnt sich, all die Anstrengungen auf sich zu nehmen!"

In mir, in meinem Kopf und vor allem in meinem Bauch machte sich Panik breit. Großvater würde mich nicht weiter begleiten? Und die Kleine? Sie auch nicht? Aber weswegen? Und wie sollte ich zurechtkommen, so ganz allein? Hier, in der Zwischenweltenzeit, und oben, in der Freiheit, so ich denn jemals dort ankäme?

Was meinte er damit, dass ich alle Schwierigkeiten meistern würde? Ausgerechnet ich? Woher nahm er die Überzeugung, die mir so gänzlich fehlte? Schließlich war ich noch nie in meinem Leben auf mich allein gestellt gewesen. Zumindest nicht, seit ich mit Großvater und der Kleinen umhervagabundiert war – an die Zeit davor fehlt mir ja nahezu jegliche Erinnerung.

Wie werde ich wissen, welcher der richtige Weg ist, sollte sich der Pfad auch nur ein einziges Mal gabeln? Und wie den richtigen Zeitpunkt für eine Rast finden? Und überhaupt, ohne meine beiden Begleiter, wie …

„Wenn du ganz oben am Ausgang zur wahren Welt angekommen bist und es so dunkel ist wie hier unten", fügte er nach einer kurzen Pause hinzu, und riss mich aus meinen düsteren Überlegungen, „dann warte, bis es hell wird. Es wird nicht lange dauern, nicht nach der Zeit, die du im Dunkel zugebracht hast. Und wenn du die Sonne aufgehen siehst – du weißt schon, diesen hellen Ball am Himmel, den ich dir so oft beschrieben habe, der das Firmament in dieses wunderschöne, unbeschreibliche Blau zu färben vermag –, sobald also der Tag anbricht, dann folge dem Punkt, an dem du das Licht zuerst erblickt hast. Lass dich vom Lauf der Sonne nicht irritieren, gehe einfach geradeaus in die von dir eingeschlagene Richtung. Gehe immer ostwärts, und du wirst da ankommen, wo ich einst zuhause war. Sollte es aber hell sein, wenn du die Oberfläche erreichst, dann warte, bis die Dämmerung einsetzt, und merke dir den Punkt, an dem die Sonne im scheinbaren Nichts untertaucht. Dann wendest du dich in die entgegengesetzte Richtung und beginnst deinen Marsch. Hast du das verstanden?"

Ich nickte. Ein Kloß hatte sich in meinem Hals festgesetzt und hinderte mich an einer Antwort.

„Habe keine Angst vor diesem Weg, Junge. Du wirst Wälder und Wiesen kennenlernen, die ganze Natur, wie ich sie dir unzählige Male beschrieben habe. Und irgendwann wirst du erste Häuser sehen. Sie werden mehr und mehr werden, und sobald du die erste größere Siedlung erreicht hast, folgst du den Straßen, die ich dir so oft aufgezeichnet habe – du kennst den Weg noch?"

Erneut nickte ich. Dutzende, nein, viele dutzende Male hatte er mir die Wege beschrieben, welche zu seinem Haus führten, und hunderte Male das Haus selbst in allen Einzelheiten geschildert.

„Ich sehe schon: Ich brauche dir nichts weiter zu sagen, du weißt Bescheid, Junge!"

Wie schön, die Vorstellung, dass es genau so werden könnte, wie er es formuliert hat. Wie einfach und geradezu selbstverständlich es aus seinem Mund klang, den richtigen Weg und das erhoffte Ziel zu finden. Doch was, wenn nichts als das Nichts auf mich wartete? Oder wenn der Weg mit einem Mal versperrt wäre, durch einen Felsen, eine Mauer? Oder sogar, und das wäre wohl das Schlimmste, wenn sich plötzlich herausstellen sollte, dass die Welt dort oben tatsächlich dem entspräche, was die Eliten uns erzählen, seit ich denken kann, und was sich als eines der wenigen Dinge in mein Gedächtnis eingeprägt hat aus jener Zeit vor Großvater und der Kleinen: Dass es dort, auf der Oberfläche dieses Planeten, nichts gibt als mit öligem, stinkenden Schlamm bedeckten Boden und tote, von Ruß schwarz gefärbte Ruinen einstmals menschlichen Lebens? Und die Luft nichts ist als breiiger, die Lungen verätzender Nebel? Ja, was dann? Zurück hierher in die Unterwelt?

Großvater ahnte nichts von meinen Zweifeln, als er mich stolz anblickte. Zufrieden tätschelte er meine Wange. Seine Hand hielt inne, als er die Tränen spürte, von denen mein Gesicht inzwischen nass war. Ich wusste nicht, weswegen ich weinte, es war einfach so über mich gekommen. Wobei, doch, ich wusste es, ich hätte jede Minute, die ihm blieb, mitzählen können, ich wusste, dass es bald vorbei sein würde, unser gemeinsames Leben. Nur noch 15 Minuten, nur noch 14 …

Doch ich setzte mich lieber nochmals zu ihm, legte meinen Arm um ihn und flüsterte ihm ins Ohr: „Erzähl mir noch einmal von dem Leben da oben, von der Sonne, dem Mond und den Sternen."

„Ich brauche dir nichts mehr davon zu erzählen, mein Junge. Gleich wirst du frei sein, frei, hinaufzugehen, um mit eigenen Augen zu bestaunen, was ich dir all die Jahre schlechter als mangelhaft zu beschreiben versucht habe. Ich gehe von jetzt an meinen eigenen Weg, ich habe keine andere Wahl. Aber sei nicht traurig. Freue dich mit mir, denn ich kehre, so meine Hoffnung und mein Glaube mich nicht trügen, dorthin zurück, wo ich hergekommen bin. In die Welt da oben, nach der ich mich immer gesehnt habe, seit ich sie verlassen musste. Du weißt, ich konnte nie vergessen, was das Leben einst bedeutet hat, und das war das Schlimmste und Schönste zugleich: Nicht das Wissen zu verlieren, was das Leben einmal gewesen ist. Und irgendwann wieder sein wird."

Ich wusste, dass der Abschied, der ein Abschied für immer sein würde, von Minute zu Minute näher rückte, und Angst schnürte mir die Kehle zu.

„Bleibt die Kleine bei mir?“

„Sie bedeutet dir viel, nicht wahr?“ Sein Blick war traurig, so traurig wie nie zuvor, schien mir in dem Moment. „Ich weiß nicht, ob sie bei dir bleiben wird, Junge. Es ist ihre eigene Entscheidung, die ich nicht beeinflussen kann – und du auch nicht. Sie ist schon alt. Vielleicht so alt wie ich oder noch älter nach ihrer Berechnung, und sie ist auch schon müde, du weißt es selbst. Sie wird sich so entscheiden, wie es für sie am besten ist. So wie sie sich entschied, meine Begleiterin zu werden. So wie sie dich fand für mich.“

Dann schloss er die Augen, und, wie eingangs erwähnt, nach 183 Jahren, 87 Tagen, 15 Stunden und 36 Minuten des Lebens war der Mensch, den ich auf sein Geheiß Großvater genannt hatte, gestorben.

Die Kleine, die wie fast immer, wenn wir rasteten, zusammengerollt neben Großvater gelegen hatte, stand auf, schüttelte sich und stellte sich mit den Vorderpfoten auf seinen Brustkorb – auf den Menschen, der ihr Lebensmittelpunkt gewesen war, für sie noch mehr als für mich – leckte ihm noch einmal über das faltige Gesicht und dann über meines. Sie drehte sich, wie sie es immer machte, bevor sie sich zum Schlafen niederlegte, dreimal um die eigene Achse, kratzte etwas an der Unterlage herum, rollte sich neben Großvater zusammen und gab einen leisen, zufriedenen Seufzer von sich.

An dem kleinen Urinbach, der wenig später unter ihr hervorsickerte, erkannte ich, dass auch sie ihre letzte und damit endgültige Entscheidung getroffen hatte.

Jetzt sitze ich hier, neben meinen beiden toten Begleitern, dem alten Mann und dem kleinen Hund. Und zähle die Minuten und Stunden des Alleinseins, so wie Großvater mich das Zählen gelehrt hat. Ja, das Zählen, dessen Sinn ich niemals wirklich begriffen habe. Denn es war und ist ja unnütz, hier – in der ewigen Finsternis, in der die künstliche Helligkeit von Menschenhand gesteuert wird – irgendetwas in einen zeitlichen Rhythmus fassen zu wollen.

Dennoch ist es tröstlich, gerade jetzt, nur dazusitzen und die Augenblicke der verrinnenden Zeit auf der Uhr in meiner Hand zu verfolgen, während ich erneut über das sinniere, was mich dort oben wohl erwarten mag.

Gedankenverloren streiche ich durch das dichte, weiche und noch immer warme Fell der Kleinen und ertappe mich dabei, wie ich auf ihre samtene, feuchte Zunge warte, die meine Zärtlichkeit erwidert. Sie wird mir fehlen, ja, sie wird mir fehlen, die Kleine. Nicht weniger als der alte Mann.

Wie begeistert er war und wie voller Energie, wenn er vom Leben auf der Erdoberfläche erzählte. Dann sprühte er förmlich, und irgendwie, ja, irgendwie habe ich ihn um diese Erinnerungen beneidet, die ihn zwar quälten, aber mindestens gleichermaßen mit Freude erfüllten. Und zugleich konnte ich nicht genug bekommen von den Beschreibungen eines Lebens jenseits der Zwischenweltenzeit.

„Eine andere Welt ist das da oben“, hat Großvater gesagt, wann immer er auf das Leben jenseits der Unterwelt zu sprechen kam. Und das war oft, sehr oft der Fall.

„Du wirst sie lieben, so wie ich, wie so viele andere Menschen auch sie liebten. Und dennoch hat niemand verhindern können, dass der Menschheit nur der Platz hier unten blieb zum Überleben. Wir alle haben zerstört, was uns das Liebste und Wichtigste gewesen ist, ohne wirklich darüber nachzudenken, was wir taten oder ließen. Und trotzdem, oder vielleicht gerade deswegen, glaube ich, nein, bin ich davon überzeugt, dass das Leben auf der Erdoberfläche nicht vorüber ist, so wie es uns immer und immer wieder eingeredet wird, nur, damit wir hier unten bleiben ohne aufzubegehren. Nein, es kann nicht vorüber sein, denn ich träume oft, viel zu oft von dem, was war, und von dem, was möglicherweise schon wieder ist, ganz bestimmt aber irgendwann wieder sein wird.“

„Aber wie kannst du so sicher sein, Großvater?“, unterbrach ich ihn aufgeregt und ja, fast ein wenig empört ob seiner Worte, hatte ich doch nie begriffen, woher er seine Überzeugung nahm, dass die Eliten uns belogen. Was hatten sie davon?

„Glaube mir, mein Junge. Du wirst es selbst erleben dort oben: Aus dem Tod entsteht neues Leben, das war immer so und das wird auch immer so sein.

Das ist der Kreislauf des Lebens auf der Erde, solange sie existiert. Und deshalb …"

Husten unterbrach ihn. So, wie viel zu oft während der letzten Wochen.

„Die Welt da oben wird heute oder morgen vermutlich nicht dieselbe sein, die ich dir zu schildern imstande war und bin. Jegliches Leben, gleichgültig in welcher Form, ist ständigem Wandel ausgesetzt. Und die Erinnerung färbt zudem manches in rosarotes Licht, ich weiß das sehr wohl. Aber ich verspreche dir: es wird auch ganz anders sein als das, was uns hier weiszumachen versucht wird von denen, die uns in dieser nicht enden wollenden Dunkelheit gefangen halten! Denn an einem vermögen auch sie, die das Gegenteil behaupten, nichts zu ändern: Der beständige Wandel dieses Planeten ist nicht aufzuhalten. Ich bin überzeugt davon, dass das Leben auf der Erdoberfläche weitergehen wird, immer weiter, solange die Erde existiert. Die Geschichte der Erde, du kennst sie. Ich habe dir davon berichtet und Zeugnis abgelegt von dem, was passiert ist seit dem Moment, da ich geboren wurde und von den Zeiten lange davor. Es ist die Geschichte einer unentwegten Veränderung, einer Veränderung, die ganz bestimmt nicht anhielt, nur weil wir Menschen sie nicht mehr beeinflussen konnten! – Ich bin zu alt und zu schwach, den Aufstieg bis an die Erdoberfläche auf mich zu nehmen. Aber du wirst ihn gehen können, mein Junge. Und eines Tages werden wir uns wieder begegnen, und du wirst mir berichten von dem, was du gesehen und vorgefunden haben wirst!“

Ich streiche über die langsam kalt werdende Haut. Es sind Berührungen, die er zu Lebzeiten nicht, oder nur in seltenen Momenten, zuließ. Er wirkt so ruhig, so friedlich, wie er da vor mir liegt. So, als wäre er tatsächlich an dem Ort angekommen, nach dem er sich all die Jahre so gesehnt hat.

Was hat Großvater mir nicht alles erzählt über die Geschichte der Erde?

Viele Jahrzehnte vor seiner Geburt hatten die Menschen auf dem ganzen Planeten eine neu anbrechende Zeit gefeiert. Sie lebten damals noch auf der Oberfläche und in Freiheit, nicht hier unten in kollektivem Zwang. Niemand ahnte, so Großvater, in jener Nacht des Übergangs von einem Jahrtausend in ein anderes – noch weit vor seiner Geburt – auch nur im Entferntesten, dass gar nicht viele Jahre später die für einen Großteil der Menschheit friedlichste und glücklichste Periode ihres Seins vorübergehen würde.

Der Jahrtausendwechsel wurde überall auf der Welt so überschwänglich gefeiert wie nie ein Jahresübergang zuvor. Der Optimismus erschien grenzenlos und … Aber nein, jene Epoche liegt viel zu weit zurück, als dass ich etwas darüber berichten könnte. Selbst wenn Großvater mir bis ins Detail erzählt hat, was damals vorgefallen war.

Beschreiben zu wollen, was sich in den Zeiten seit damals im Kleinen geändert hat, führt zu weit, viel zu weit. Ich würde unweigerlich Faden und Überblick verlieren, und weder das eine noch das andere wäre in Großvaters Sinne. Es genügt also, so meine ich, im Groben zu skizzieren, was geschah, denn die Vergangenheit, was hilft sie mir letztendlich hier und heute?

Die Weltordnung hatte sich nach jener denkwürdigen Nacht sehr schnell und sehr grundlegend verändert – und trotz des Optimismus' traurigerweise nicht zum Guten. Der Wandel begann in Europa, irgendwie, und auch wieder nicht. Doch dort war sie, so scheint es mir jedenfalls anhand dessen, was ich weiß, am stärksten ausgeprägt, diese Welle der Veränderung. Möglicherweise deshalb, weil Großvater diesen Kontinent als den Ruhepol des Planeten beschrieben hatte, der seine schlimmsten Zeiten – von Menschenhand heraufbeschworene Stürme und Katastrophen unvorstellbaren Ausmaßes – endlich und für alle Zeiten hinter sich zu haben geglaubt hatte. Doch mitnichten!

Stabile Staatengefüge, die teilweise immerhin seit 90, 100 Jahren und länger Bestand gehabt hatten, eine schier immense Zeitspanne für damalige Verhältnisse, brachen auseinander wie trockenes, bröseliges Gestein. Die friedliche und scheinbar so selbstverständliche Koexistenz unterschiedlichster Völker und Religionen entpuppte sich mit einem Mal als naiver Traum, hinweggefegt von bösen Geistern und Dämonen der Realität.

Unendlich viele Stunden verbrachte ich an Großvaters Seite damit, neu entstandene politische Konstrukte zu vergleichen mit der Weltenordnung, wie sie im Jahr seiner Geburt geherrscht hatte. Er zeigte mir anhand eines Atlanten, wie er damals selbst die Erde zu sehen bekam, und projizierte mittels eines kleinen schwarzen Kastens die Bilder der sich verändernden Machtgefüge an Wände und Decken unserer Lagerstätten, sodass ich dem Lauf der Geschichte spielend leicht folgen konnte. Begleitet von den kritischen Bemerkungen des alten Mannes, der nicht beschönigte, was nicht zu beschönigen war, aber auch nicht schlechtredete, was er als gut erachtete in jener turbulenten Zeit. Indes, es war nicht viel Positives, was er zu berichten hatte. Nahezu nichts war mehr von Bestand, und jahrtausendealte menschliche Errungenschaften und Werte fielen unsäglicher Barbarei, Gier und Unbarmherzigkeit zum Opfer.

Wie der schwarze Kasten mit den Bildern funktionierte? Darüber machte ich mir ebenso wenig Gedanken wie über die Lichtquellen in den Felswänden. Immerhin begriff ich, dass man etliche Male kräftig an einer Kurbel drehen musste, um Leben in das Gerät zu bringen. Großvater erlaubte mir ab und an das zu tun, doch seine bangen Blicke nahmen mir meist den Spaß daran.

Zu den Bildern ertönte, wenn Großvater schwieg, eine kalte, klare Stimme, die das Geschehen kommentierte, ohne Zorn, ohne Häme, ohne Wut. In einer Sprache, die so klang wie die, die Großvater sprach – und doch so ganz anders war.

Dieses Mal indes ließ er es sich nicht nehmen, selbst zu kommentieren: „Staaten zerfallen und werden wieder neu geboren, das ist nicht das Drama der Menschheit. Aber was ist mit der Identität der dort Lebenden? Es gab einmal Tausende von Sprachen und unzählige Dialekte. Kunstvoll und schlicht, kompliziert und einfach – und doch allesamt einmalige Zeugnisse des Menschseins und in gewisser Weise Inbegriff der Zugehörig- und Zusammengehörigkeit. Was aber haben sie, die angeblichen neuen geistigen und intellektuellen Führer und Bewahrer der Rasse ‚Mensch' daraus gemacht? Sie ließen sie verkommen, nein, mehr als das, sie zerstörten sie buchstäblich, indem sie die einsetzenden, endlosen Völkerwanderungen wahrlich biblischen Ausmaßes als Werkzeug benutzten, bis nichts als Kauderwelsch übrig blieb. Eine Mixtur, mittels derer letztendlich nurmehr wenige Menschen sinnvoll miteinander zu kommunizieren imstande waren. Sprachen wie Englisch, Spanisch, Französisch und Deutsch mit ihrer klassischen Strenge, Chinesisch mit seinen unzähligen Nuancen, die Tausende Dialekte Indiens, sie alle verstummten mehr und mehr – im gesprochenen wie im geschriebenen Wort."

„Aber warum, Großvater?", traute ich mich eines Tages zu fragen. Es entzog sich meinem Verständnis, wie man Menschen dazu zwingen konnte, ihre gewohnte Art der Kommunikation aufzugeben. „Was haben sie damit bezweckt? Und wie konnte man denn kontrollieren, wie die Menschen miteinander kommunizieren?“

„Ach Junge!“, seufzte Großvater. „Die meisten Menschen sind schwach und sehnen sich geradezu danach, von den wenigen Starken unter ihnen gelenkt zu werden. Gleichgültig, wohin diese sie führen. Das hat die Menschheitsgeschichte immer wieder gezeigt. Warum also nicht auch der Weg in die Sprachlosigkeit? Und was sie bezweckten? Denk nach, es ist ganz einfach: Sie wollten, dass sie, die Eliten, zu Individuen würden, die sich von allen anderen absetzten. Und es ist ihnen gelungen. Die Benutzung der Sprachen wurde verpönt, von den neuen Eliten geächtet und verdammt, auf dass wir alle, die wir da sind, ausschließlich eine einzige international verständliche Sprache verwenden sollten. Eine Sprache, die aus Zahlen und willkürlich kombinierten Buchstaben besteht, ohne Klang, ohne Gefühl, ohne Gehalt und Geschichte, ohne Leben und vor allem: ohne Seele. Eine Sprache, die diese Bezeichnung nicht im Mindesten verdient hat. Die Schönheit einer wirklichen, einer gelebten, einer gefühlten Sprache besitzt dieses Werkzeug der Kommunikation nicht mehr. Jegliche Beschreibung von Gefühlen und Empfindungen und allem, was uns Menschen zu wirklichen Menschen macht, ist daraus verbannt. Worte wie *Liebe*, *Freundschaft* und

Fürsorge gibt es nicht mehr. Es werden keine Romane mehr geschrieben in dieser Sprache, die keine ist, und keine Gedichte mehr verfasst. Du wirst niemandem ‚Ich liebe dich' ins Ohr hauchen können – denn Worte wie diese sind verschwunden aus unserem Leben. Nicht einmal über Namen verfügen wir noch. Das, ja das ist vielleicht die größte aller Katastrophen, die uns in diesen Zeiten widerfuhr: der Verlust unserer sprachlichen und damit auch zu einem hohen Prozentsatz persönlichen Identität und Individualität! Die menschliche Sprache – ist sie nicht Ausdruck unseres Intellekts und unseres Geistes in all ihren Formen, Nuancen und Facetten? Entwickelt in Jahrmillionen der Evolution? Was haben sie daraus gemacht, die neuen Eliten? Sie haben sie uns geraubt, gestohlen und uns damit einen Großteil unserer Identität genommen. Und alles einzig und allein zu dem Zweck, uns hier unten klein und unbedeutend zu halten."

Es gab wenige Themen, die Großvater so sehr in Wallung brachten wie dieses. Kein Wunder, war doch die Sprache und mit ihr die Bücher in seinem Empfinden und aus seiner Sicht der Dinge von zentraler Bedeutung für das Menschsein.

Und hatte er nicht recht mit dem, was er sagte? Natürlich hatte er das! Denn wie anders lassen sich menschliche Empfindungen und Gefühle in solcher Klarheit ausdrücken als mit der Sprache? Wie sehr geht die Sprache einher mit Emotionen? Und wie sehr leiden die Unterweltsmenschen unter ihrer

Sprachlosigkeit! Auch wenn ich mich nicht wirklich daran erinnere: ich habe es selbst erlebt!

Die Regionen, in denen Großvater, die Kleine und ich uns während all der Jahre, seit er mich zu sich geholt hatte, bewegten, waren menschenleer. Verlassen und aufgegeben von der sogenannten Zivilisation. Hin und wieder trafen wir auf die Überreste menschlicher Bauwerke. Meist waren es Ruinen sogenannter Wohnhäuser, wie Großvater feststellte.

„Je weiter wir uns der Vergangenheit hier unten nähern, also uns nach oben bewegen", sagte er einmal, „desto näher kommen wir dem, was ich selbst als Wohnhaus noch kenne und was man einst ‚kultiviertes Leben' nannte. Doch je tiefer die Wege hinabführen, dahin, wo die Menschen heute ihr Dasein fristen, desto primitiver werden ihre Behausungen. Sie erinnern mich immer stärker an ein Leben, das es in der Steinzeit gegeben haben mag."

Muss ich erwähnen, dass ich, sobald sich mir die Gelegenheit bot, den Begriff „Steinzeit" nachlas in meinem allwissenden Lexikon?

Je näher wir der Erdoberfläche kamen, desto komplexer wurden diese Ruinen, das ist wahr. Selbst mir, unbedarft wie ich bin, fiel das auf. Und umso unpassierbarer wurden die Wege, die wir beschritten, umso schwächer wurde das Licht von den Wänden, so, als würde es langsam, aber sicher verglühen. Aber Großvater gab niemals auf, den Routen zu folgen, die er sich in den Kopf gesetzt hatte.

Sturheit, ja, Sturheit war ein Wesensmerkmal, das ihn prägte, diesen alten Mann. Gepaart mit einer ans Masochistische grenzenden Gnadenlosigkeit sich selbst gegenüber wie auch gegenüber seinem Zustand und seinen Kräften, die trotz konsequenter Missachtung nachließen und irgendwann versiegen mussten.

„Weißt du, mein Junge, der Satz ‚Schneller – höher – weiter' galt vor Hunderten, nein, bereits vor Tausenden von Jahren als Antrieb der Menschheit. Genau wie die Aussage ‚Stillstand ist Rückschritt'. Aus den Katastrophen, die sich geradezu zwangsläufig aus diesem Wahn ergaben und die uns letztendlich das Leben hier unten bescherten, wurden keine Lehren gezogen. Nur, dass aus ‚höher' eben ‚tiefer' wurde."

Tatsächlich, so Großvater, schritt die technische Entwicklung in rasantem Tempo fort während der Jahre und Jahrzehnte, seitdem wir Menschen unter der Erde leben.

„Ohne Technik wäre kein Leben möglich in diesen Tiefen der Erde, in der sich die Zivilisation inzwischen bewegt. Woher käme das Wasser? Wohin mit dem Unrat? Allein die Hitze wäre zu groß und der Sauerstoff zu knapp, um zu existieren. Aber die klugen Köpfe der Eliten haben es tatsächlich geschafft, die Urgewalten der Erde zurückzudrängen. Eine unglaubliche Leistung!"

Er geriet geradezu ins Schwärmen für die, denen er ansonsten nur Hohn und Wut entgegenbrachte.

„Bedenke nur allein die Klimatisierung, der es zu verdanken ist, dass die Temperatur hier immer und überall konstant gehalten wird. Du siehst nichts davon, du hörst nichts davon, und doch sorgt sie dafür, dass der Mensch hier existiert. Oder die Kanalsysteme, in denen das Wasser aufwärts fließen kann … Was guckst du so?"

Ja, ich blickte ihn tatsächlich irritiert an: „Also, für mich, Großvater, für mich ist das nichts Besonderes. Gibt es denn überhaupt eine andere Temperatur als die hier herrschende? Ja, du hast mir schon erzählt von kalt und warm, aber wie fühlt sich das an? Und warum sollte Wasser nicht aufwärts fließen können? Wir können doch auch nach oben gehen? Ich finde, das sind keine besonderen Dinge!"

Und er? Was erwiderte er? „Ach Junge, wenn du nur wüsstest, wie anders alles war. Dann würdest du mich verstehen. Aber glaube mir: Allein diese beiden Dinge wären, wie viele andere Beispiele auch, die ich hier aufzählen könnte, in der Welt oben nicht möglich gewesen. So hat die Welt niemals funktioniert! Es ist, ob man es wahrhaben will oder nicht, dem Können der Eliten zu verdanken, dass dies alles möglich ist."

Mag sein, dass er damit recht hat, aber die Tatsache, dass wir überhaupt nach hier ausweichen mussten, dies zu verhindern waren alle unfähig gewesen, allesamt.

Die Aerobols – die Bäume, die Leben retten sollten! Sie hielten bei Weitem nicht, was sie versprachen. 25 Jahre, sagte Großvater, habe es tatsächlich so ausgesehen, als sei durch sie der Fortbestand der Erde gesichert. Doch exakt 25 Jahre, 13 Tage und 4 Stunden nach der Pflanzung des ersten Baums, die in einem feierlichen, pompösen Rahmen zelebriert worden war, wurde eben dieses Gewächs von einer bis dahin unbekannten Pilzerkrankung befallen. Innerhalb weniger Stunden war jedes einzelne Blatt vertrocknet und abgefallen, die Zweige und Äste verdorrten und der Baum starb. Einer Tsunami-Welle, einem Flächenbrand gleich, so beschrieb es Großvater, breitete sich diese Pilzerkrankung über die immensen Monokulturen aus, die, meinte er, weiter reichten, als ich mir vorzustellen jemals in der Lage wäre.

„Die Blauäugigkeit, mit sage und schreibe nur einer einzigen Pflanzenart das globale Leben erhalten zu wollen, ein Leben, das zuvor Jahrtausende, ja, Jahrmillionen ein äußerst kompliziertes, bis ins kleinste Detail aufeinander abgestimmtes, unvorstellbar komplexes Ökosystem bewerkstelligt hatte, diese Blauäugigkeit wurde schlussendlich unerbittlich und gnadenlos bestraft. Der Verlust dieser künstlich geschaffenen grünen Lunge verursachte zunächst Winde und Stürme, welche die einstmals fruchtbaren Böden austrockneten und unvorstellbare Hitze mit sich brachten. In ihrer Folge bildeten sich riesige Wolken aus Sand und Staub, die den Himmel eintrübten. Das bis dahin noch verbliebene Eis der Polkappen schmolz in Rekordzeit und das Leben in seiner damaligen Form ging zugrunde, indem es ertrank oder verdorrte, je nachdem, wo man sich gerade befand."

Großvater bedeutete mir, an diesem Punkt seines Berichts angekommen, anzuhalten und Rast zu machen. Und da wusste ich: Dies würde einer der schier endlosen Monologe werden, die an seinen Kräften zehrten und ihn emotional aus dem Gleichgewicht brachten. Ich wusste aber auch, aus manchmal wirklich leidvoller Erfahrung, dass mir nichts übrig blieb als zuzuhören. Also ließ ich mich Großvater gegenüber nieder. Die Kleine legte sich neben mich und platzierte ihren Kopf auf meinen Oberschenkel, als könne sie dem Redner so größere Aufmerksamkeit schenken.

„Die Überreste menschlicher Existenz wurden in der Folge hierher, in die Tiefen der Erde verlegt, einschließlich gigantischer Megastädte, deren Überreste wir teilweise schon passiert haben. Und die Erdenbewohner wurden gezwungen zu folgen, ob sie wollten oder nicht. Niemand wurde gefragt, niemandem wurde das Recht zuerkannt, etwas von seinem privaten Hab und Gut zu sichern. Endlich, dort unten in der Dunkelheit, in einer dem menschlichen Wesen vollkommen zuwiderlaufenden neuen Lebensumgebung, sollte jeder Mensch gleich sein."

An dieser Stelle kicherte Großvater listig. Ich wusste weswegen, war es ihm dank der verborgenen Fächer seines Rollstuhls gelungen, eben doch etwas von seinem Hab und Gut aus der Oberwelt mitzunehmen. Seine Bücher, den schwarzen Kasten, den Chronographen …

„Es sollte keine Rassen mehr geben und keine Götter, kein Gut und kein Böse, nur Gleichheit, nichts als Gleichförmigkeit. So wollten es die neuen Eliten, diejenigen, die Religionen und Staaten abgelöst und ausgelöscht, die sich erhoben hatten über in ihren Augen überkommene Strukturen und Werte des menschlichen Lebens. Und was sich im ersten Moment vielleicht erstrebenswert anhört – Gleichheit – entpuppte sich als nichts Geringeres als die Vergewaltigung der menschlichen Rasse und Zerstörung jeglichen eigenständigen Denkens und Handelns."

Ich wusste, dass es nicht recht war, ich wusste, dass er mir all das erzählte, um das Wissen um die Vergangenheit zu bewahren, und doch konnte ich kaum gegen die Müdigkeit ankämpfen, die der Monolog, wie so manch anderer auch, in mir hervorrief.

Der Marsch war anstrengend gewesen und der Tag lang. Die Kleine neben mir hatte den Kampf längst aufgegeben und zuckte im Traum mit den Läufen, als würde sie unseren Weg nochmals erleben, und mir drohten die Augen zuzufallen. Verstohlen zwickte ich mich in den Arm, und zumindest kurzzeitig ließ sich die ärgste Müdigkeit vertreiben.

„Kaum jemand erinnert sich heute noch an das, was gewesen ist in den Jahrhunderten davor. Ausgelöscht ist nahezu jegliches Andenken, ganz nach dem Willen der Eliten. Von dem, was mit uns

Menschen und dem Leben auf der Oberfläche der Erde wirklich geschah nach dem Absterben jener Aerobol-Plantagen, berichteten sie den nachfolgenden Generationen nichts, die neuen Herren. Sie schwiegen auch zu den Zeiten des Übergangs, zu der beginnenden und der voranschreitenden Vergewaltigung menschlicher Kultur – sie taten es einfach. Sie brachten das Leid, das den Menschen, allen Menschen, gleichgültig welcher Hautfarbe oder Ideologie, welcher geografischen oder gebürtigen Herkunft auch immer, zugefügt wurde in jenen Zeiten."

An dieser Stelle brach er ab und schwieg, mit Tränen in den Augen. Ich fragte nichts, obwohl es viele Fragen gegeben hätte. Nein, ich fragte nicht, wusste ich doch instinktiv: Jede Frage brächte möglicherweise eine Antwort, die ich nicht hören und Wissen, über das ich nicht verfügen wollte.

Ich habe auch nicht den Hauch einer Ahnung, woher ich selbst komme und von wem ich abstamme. Das Einzige, woran ich mich noch verschwommen entsinne aus meiner Zeit vor Großvater und der Kleinen, sind ewiges, eintöniges Zwielicht und die Stimmen, die immer und überall ertönten und erklärten, wie unsagbar gut es uns ergehen würde und wie lebensfeindlich und verwüstet die Oberfläche des Planeten Erde sei.

Ich war plötzlich bei ihm, bei Großvater, einem Menschen, der mir, wie hätte es auch anders sein können, anfangs in jeglicher Hinsicht vollkommen fremd war.

Meine erste wirkliche Erinnerung? Ich sehe mich in einer Schlange Gleichaltriger stehen, die aus allen Himmelsrichtungen an diesen einen bestimmten Punkt gekommen waren. Um für irgendetwas registriert und danach irgendwohin geschickt zu werden, von wo aus es kein Zurück mehr gab. Woher ich kam? Weswegen ich kam? Ob aus freien Stücken oder gezwungenermaßen? Ich weiß es nicht, nicht mehr, und werde vermutlich nie in der Lage sein, diese Fragen zu beantworten. Denn das Erste, dessen ich mich tatsächlich entsinne, ist, wie der Mann im Rollstuhl und der Hund, die Kleine, auf mich zukamen, als ich in dieser Reihe stand.

Ich sah es schon von Weitem kommen, dieses seltsame Gespann. Er sitzend, den ausgemergelten Oberkörper hin- und herpendelnd beim Antreiben der Räder, und sie mit ihrer etwas ungelenken Figur eifrig und aufmerksam neben ihm her tänzelnd. Die struppige Rute keck in die Luft gereckt, den Kopf gesenkt und die Nase neugierig dicht über dem Boden. Ob sie wohl wirklich, wie Großvater gerne behauptete, in dem Moment bereits meine Witterung aufgenommen hatte? Plötzlich jedenfalls hatten sie beide, das bilde ich mir zumindest heute ein, nur noch Augen für mich.

Und ich? Kaum hatte ich sie wirklich bemerkt, da wusste ich: Sie würden auf mich zukommen und an der Hand nehmen, würden mich aus der Reihe führen und weg von den anderen.

Und so geschah es auch. Weswegen wir nicht daran gehindert wurden? Weswegen niemand protestierte oder versuchte, uns zurückhalten, als wir, diese komische und unübersehbare kleine Truppe, bestehend aus einem Krüppel im Rollstuhl, einem struppigen Hund und einem wohl etwa sechsjährigen Kind, Hand in Hand auf einen der dunklen Nebentunnel zusteuerten? Zufall? Schicksal? Wer mag es benennen und bewerten? Für mich jedenfalls bedeutete diese Begegnung meine Errettung. Wovor, das weiß ich nicht. Doch besser, als es mit dem Erscheinen der beiden kam, hätte das Leben hier unten für mich nicht werden können.

Großvater lehrte mich, im wahrsten Sinne der Definition, Mensch zu sein. Zu denken, zu sprechen, Empfindungen wahrzunehmen, Gefühle zuzulassen und zu zeigen, sie zu verstehen und zu geben.

Wir, die Menschen, die hier geboren wurden und heute hier leben, kennen nichts als die Finsternis der Unterwelt und den Willen der Eliten. Es gibt keine Beziehungen zwischen den Einzelnen, es gibt keine Liebe mehr und keine Individualität, es gibt keine Erinnerung und damit kein Andenken an Lebende und Verstorbene. Nicht an das Gestern, nicht an vorgestern und erst recht nicht an das, was vor 15, 30 oder gar 70 Jahren gewesen ist.

Wir, die Menschen dieser Welt, sind, wie Großvater es zu nennen pflegte, verkommen zu einer sinnfreien Gattung von Wurzelfressern, in gewisser Weise um keinen Deut besser als Ratten, Mäuse oder auch nur Würmer und Schnecken. Nun gut, ich kann das nicht beurteilen, und mag diese Aussage nicht bewerten. Meine Nahrung bestand nun mal zeitlebens aus Wurzeln, Flechten und dergleichen, was kann ich machen?

Natürlich ist es kein Genuss, was ich da zu mir nehme, doch was sollte schon Genuss mit der Nahrungsaufnahme zu tun haben? Genau genommen dürfte ich den Begriff „Genuss“ nicht einmal kennen, und schon gar nicht dürfte ich um seine Bedeutung wissen.

Manches, nein, vieles von dem, wovon Großvater berichtete, klang belehrend, als stünde er mit erhobenem Zeigefinger vor mir. Und ich glaube, genau das war seine Absicht. Er wollte belehren, er wollte im besten Sinne des Wortes altklug klingen, alt und klug.

Indes, ich muss achtgeben, was, und vor allem, *wie* ich es sage, wenn ich Großvaters Monologe wiederzugeben versuche. Denn zu nah sind mir noch sein Zynismus, die Häme und die Verbitterung, als dass ich wirklich wertfrei von jenen Zeiten reden könnte. Obwohl ich Großvaters Gefühle nur aus seinen Berichten und dem Klang seiner Stimme kenne.

Sich selbst, seine Generation und die Generationen davor klagte er an, wieder und wieder, und befand sie schuldig dessen, was auf der Erde geschehen war.

Ausschließlich auf jene neuen Eliten zu verweisen, die sich breitgemacht hatten und die Menschheitskatastrophe letztlich erst vollendeten, das war für Großvater zu kurz gedacht. Sie waren letztendlich die Nutznießer des Versagens anderer, Parasiten, die, jenem Pilz an den Aerobols gleich, das ihnen bereitete Feld mit Freude und voller Machtgier übernahmen.

Im Nachhinein wusste Großvater natürlich, welche Aktionen welche Reaktionen hervorgerufen hatten, weswegen das eine zum anderen führen musste und letztendlich hier im Dunkel endete. Und gerade dieses Wissen, vor allem das Wissen um das kollektive Versagen der Menschheit, zehrte an ihm. Die Gewissheit, das Geschehene nicht einzelnen wenigen Individuen anlasten zu können, sondern selbst ebenso viel Schuld zu tragen wie jeder andere Bewohner des Planeten auch, machte ihm zu schaffen. Unter dieser Schuld litt er, jeden Tag, jede Nacht, jede Stunde seines Lebens hier in der Unterwelt. Das, ja, das sah ich ihm an.

„Die Architektur der Unterwelt entwickelte sich im Laufe der Jahrzehnte nicht minder rasant, als es zuvor oben auf der Erdoberfläche der Fall gewesen war. Mit einem Unterschied: In dieser Welt kann man nicht einfach einreißen und zerstören, was vorherige Generationen geschaffen haben, um Eigenes, Neues zu gestalten. Was ist und was war, das bleibt. Und so haben die Menschen keine andere Wahl, als sich immer tiefer in die Erde hineinzufressen. Immer tiefer und tiefer geht es hinab, immer komplizierter wird die dafür benötigte Technik, immer größer der Aufwand, hier unten, in den Eingeweiden des Planeten Erde, ein Leben für die menschliche Rasse überhaupt möglich zu machen."

Während es laut Großvater also immer weiter bergab ging mit der Entwicklung der Menschen – man nehme das gerne als Wortspiel, eines der wenigen, derer ich fähig bin – wurden die verwaist zurückbleibenden höher gelegenen Regionen unter der Erdoberfläche als Schutthalden genutzt. Als Mülldeponien und als Rückzugsgebiete für solche wie Großvater, die Kleine und mich, die wir der neuen, der barbarischen und des Wortsinns nicht mehr würdigen Zivilisation entflohen waren.

„Irgendwann aber", kein einziges Mal wenn er diese Äußerung tat, vermochte er sich ein kurzes, böses Grinsen zu verkneifen, das ich ansonsten nicht bei ihm kannte, „irgendwann wird die Erde auseinanderbrechen wie ein löchriger Schweizer Käse, mein Junge. Und ich bedaure es jetzt schon, dass keiner von uns beiden den Ausdruck in den Augen all der Generationen von Eliten sehen wird, die Schuld daran sind!"

„Großvater?"

„Ja, mein Junge?"

„Was ist denn ein Schweizer Käse?"

„Ach Junge!"

Seufzend reichte er mir, wieder einmal, das Lexikon, erhob sich mühsam aus seinem Rollstuhl und legte sich auf den Boden. Die Kleine, die natürlich wusste, was das bedeutete, und die sich überdies damals noch nicht dafür interessierte, was ich tat, rollte sich zufrieden neben ihm zusammen, sein Bein als Lehne für den Rücken und zugleich als Kissen für den immer zerzausten Kopf nutzend. Und innerhalb von Minuten waren sie beide, um die Wette schnarchend, eingeschlafen, während ich mich in das Lexikon vertiefte.

Hunger überkommt mich – obwohl ich doch vor nicht einmal einer Stunde noch geglaubt habe, nie mehr etwas essen zu können. Aber der Körper fordert seinen Tribut. Ich nehme also den Rucksack von den Schultern und krame ein paar Wurzeln heraus.

Unsere Nahrung: Sie besteht nahezu ausschließlich aus pflanzlichen Bestandteilen. Pilze, Wurzeln, Moose hauptsächlich, aber auch Algen, Flechten und dergleichen mehr. Indes: Es gibt wohl noch immer Menschen, die Fleisch zu sich nehmen. Ratten zum Beispiel und Mäuse, aber auch Insekten, Würmer oder Schnecken.

Großvater und ich enthielten uns tierischer Nahrung, nur die Kleine war nie dazu bereit, sich vegan oder zumindest vegetarisch zu ernähren. Für einen Hund, sei er auch so klein wie sie, so meinte Großvater, wäre das auch ganz normal. Sie sei nun einmal nicht dafür geschaffen, sich ohne fleischliche Kost zu ernähren. Das wäre wider die Natur, so seine Aussage.

Ach Großvater! Als wenn hier unten die Natur noch irgendeinen Einfluss hätte auf irgendetwas.

Vor allem die unterschiedlichen Wurzeln beinhalten Nährstoffe, die unsere Organe reinigen und speisen und Muskulatur und Nerven mit Vitaminen versorgen, die andere Nahrungsmittel hier unten nicht oder kaum zu bieten haben. Nur wegen dieser Wurzeln ist es uns „Outlaws", wie Großvater uns gerne nannte, überhaupt möglich, hier zu existieren. Noch dazu für so lange Zeit, ohne umzukommen. Wir pflücken sie einfach so von den Tunneldecken, deren Ritzen und Spalten von den Wurzeln, auf der Suche nach Wasser und Nahrung, durchdrungen werden. Pilze wachsen entlang der schimmernden Stellen der stets leicht feuchten Felswände, genau wie Flechten und Moose, und lassen sich leicht von dem Untergrund abheben. Nein, die Nahrungsbeschaffung ist nicht sonderlich mühsam hier unten, aber es ist auch nichts, was Großvater als „Vergnügen" beschrieben hätte.

„Outlaws" – auch diesen Begriff musste ich im Lexikon nachschlagen, fand ihn aber nicht wirklich passend, da wir ja keine Gesetze brachen, ergo nicht außerhalb irgendwelcher Gesetze lebten.

So, also als „Wurzelfresser", leben angeblich auch die anderen Bewohner dieser dunklen Welt. Diejenigen, die dem Fortschritt folgen wie Lemminge ihrem Anführer, der sie zu guter Letzt ins Verderben des tödlichen Abgrunds lenkt. Auch was es mit diesen Tieren, diesen Lemmingen, auf sich hat, musste ich natürlich – wie so vieles – nachlesen.

Und die Menschen, die es ihnen gleichtun? Neben den Wurzeln besteht ihre Ernährung überwiegend aus Tabletten, mit denen ihnen, so sagte Großvater, alles zugeführt wird, was sie zum Leben benötigen. Damit sie in der Lichtlosigkeit nicht verrückt werden. Und – vor allem deshalb, meint zumindest Großvater – um zu vergessen, was vor fünf, zehn oder mehr Jahren gewesen ist, haben sie sich alle drei Jahre einer mehrmonatigen Therapie zu unterziehen. Während dieser Wochen werden sämtliche körperlichen Bedürfnisse auf ein Mindestmaß reduziert. Es ist, so Großvaters Vergleich, wie der Winterschlaf mancher Tiere.

Bei Tieren, die es übrigens hier unten nicht mehr gibt. Es ist weder möglich Haustiere wie Hunde oder Katzen zu halten, noch wird Viehzucht betrieben oder gar intensive Tierhaltung für die Fleischproduktion als Bestandteil menschlicher Ernährung. Kühe, Schweine, ja, Säugetiere insgesamt – außer eben Ratten und Mäuse – kenne ich lediglich aus dem Lexikon. Vögel? Fische? Fehlanzeige hier unten. Vereinzelte Reptilien, Spinnenartige, Schnecken, das ist es, was in dieser Welt noch existiert neben den Menschen.

„Je einfacher aufgebaut, desto besser kommen sie zurecht. Wie zu Urzeiten, während der Anfänge des Lebens auf diesem Planeten“, so formulierte Großvater es.

Ähnlich ist es mit Pflanzen, Blumen und sogenannten Ziergewächsen. Ausschließlich das, was wir Menschen zum Leben benötigen, wird angebaut. In schwer bewachten, künstlich beleuchteten Hallen schier unermesslichen Ausmaßes. Und nur solche Pflanzen, deren Nährstoffe synthetisch herzustellen es keine Möglichkeit gibt.

Manchmal hatten wir Glück und stießen auf Ruinen, in denen künstliche Licht- und Wärmelampen zurückgelassen worden waren. Und mit etwas mehr Glück, sofern die Energiespeicher nicht gänzlich leer waren, funktionierten sie tatsächlich noch. Dann bedienten wir uns ihrer, und vor allem die Kleine, so wirkte es, genoss diese Minuten unter künstlichem Sonnenlicht in ganz besonderem Maße.

„Mit Hilfe dieser Lampen löschen die Eliten und ihre Schergen die menschlichen Festplatten, Junge", erläuterte Großvater mir eines Tages, als ich mich unter einer dieser Lampen räkelte, und sich dabei an die Stirn getippt.

„Damit die da unten restlos vergessen, was einmal war, woher wir Menschen kommen, was wir sind, was wir zu leisten vermögen und was uns zu wirklichen Menschen macht. Damit die Eliten diejenigen, die sich das gefallen lassen, immer und immer weiter manipulieren können. Nur so gelingt es denen, die über das Leben bestimmen, das fragile Gefüge hier überhaupt am Leben zu erhalten. Ansonsten wären alle schon längst verrückt geworden. Ohne natürliches Licht und Wärme und vor allem ohne Sonne, aber mit dem Wissen, was das Leben oberhalb der ewigen Nacht für uns einst bedeutet hat! Und nebenbei werden sie in diesen Monaten vollgepumpt mit allerhand Medikamenten, damit ihre Arbeitskraft den Eliten möglichst lange erhalten bleibt. Denn der Lebensraum hier ist eng und begrenzt, viel begrenzter als oben auf der Erde, und die Entsorgung menschlicher Hinterlassenschaften noch dazu hoch kompliziert. Also bauen sie auf eine überschaubare Anzahl an Untertanen, die sie sehr sorgfältig auswählen und pflegen."

Ich war drauf und dran, einzunicken. Das angenehme Gefühl der künstlichen Sonne auf der Haut, die flauschige Nähe der Kleinen, die monotone Stimme ... Bis ein Satz mich aus dem Dämmerzustand riss.

„Du warst auf dem Weg zu einem solchen Auswahlverfahren der Eliten, Junge, als wir dich fanden, die Kleine und ich. Und möglicherweise, nein, sehr wahrscheinlich, hättest du dieses nicht überlebt. Wer nicht in das System passt, wird eliminiert, wer aber kompatibel ist, muss so lange funktionieren wie irgend möglich. Also heißt es für diese armseligen Kreaturen: Den Verstand entfernen und den Körper stärken. Löschen der Software, wie es heute heißt, und Aufbau der Hardware. Und damit das System nicht kollabiert: Über Wochen hinweg künstliche Sonne und Pillen!"

„Und warum haben sie unser beider Software nicht gelöscht? Wir benutzen unseren Verstand ja noch. Und warum werden wir nicht verrückt? Wir haben ja auch so gut wie keine Sonne. Lediglich hin und wieder, so wie heute."

„Uns haben sie vergessen, weil sie sich nicht mehr daran erinnern, dass es uns zwei überhaupt gibt, Junge. Denn als ich dich fand, warst du ja noch nicht registriert. Darum konnte ich dich mit mir führen, nur aus diesem Grund. Und weil wir für sie nicht mehr existieren, haben wir das Wissen noch, deswegen können wir noch denken, und deswegen sind wir nicht verrückt geworden. Und das ist gut so! Denn ohne überlebende Wächter und Bewahrer wie mich und jetzt auch dich, ginge gänzlich verloren, was unser menschliches Sein ausmacht. Die Erinnerung an die Natur, an das Leben, wie es sein sollte, wäre vollends vergessen und die da oben könnten auf Ewigkeiten in ihrem ‚Garten Eden' verweilen, da niemand um seine Existenz wüsste."

„Garten Eden" – erneut einer der Begriffe, die ich nachschlagen musste in dem so unendlich weisen Lexikon meines Großvaters. Ich weiß, er sah mir schmunzelnd dabei zu, wenn ich eifrig und neugierig in dem dicken Buch blätterte, auf der Suche nach Erläuterungen, die er mir nicht, vielleicht noch nicht, geben mochte.

Das Schema des Buches war einfach: Fünf knappe Sätze waren es, die zu jedem Begriff geschrieben standen, doch mit jedem Wort, das ich las, verdoppelte sich ihre Anzahl. So war und ist es ein jedes

Mal. Und bin ich fertig mit einem Beitrag, erlischt, was ich zuvor gelesen habe, und nurmehr der Begriff an sich verbleibt in dem Buch. Der Inhalt dazu ist dann ab sofort in mir, in meinem Kopf, und möglicherweise nirgends sonst mehr.

Doch ich wollte an jenem Tag genauer wissen, wie wir zueinander gefunden hatten.

„Großvater?"

„Ja?"

„Warum hast du mich wirklich mitgenommen? Wo komme ich her? Was war mit mir in der Zeit, bevor wir zusammen waren?"

„Ach Junge! Ich habe dich ausgesucht, weil mir der Instinkt der Kleinen zu verstehen gab, dass du der Richtige für uns bist. Und weil ich dich liebte mit dem ersten Blick, den ich von dir erhaschte. Und weil ich jemanden brauche, dem ich mein Wissen anvertrauen kann und bei dem ich es in guten Händen weiß! Woher du kommst, glaube mir, das ist nicht wichtig. Die Vergangenheit der Menschheit, nicht des einzelnen menschlichen Lebens, das Jetzt und die Zukunft, das sind die Dinge, die zählen. Nicht das Grau und Schwarz des Lebens hier unten, das zwischen diesen Zeiten liegt."

Immer wieder erwachen Dialoge wie dieser in meinem Gedächtnis zu neuem Leben, jetzt, in diesen Stunden, seit mein kluger Freund und Begleiter tot ist. Und ich lasse sie zu, die Erinnerung – sie tut so gut.

Wo das eben zitierte „Grau und Schwarz des Lebens hier unten“ in seinen Augen begann, und wo es seiner Ansicht nach endete, das erklärte er mir nicht. Nicht während dieses Gesprächs, und auch kein anderes Mal.

„Die Lichttherapie soll uns reinigen. Unseren Körper, den Geist und die Seele befreien von dem Ballast, der sich über all die Monate hier unten aufstaut. Und sie sorgt, unter anderem, mit ihrer Dauer in der Leere, im Nichts, dafür, dass es heute die Begriffe Freundschaft, Liebe, Verbundenheit und Familie nicht mehr gibt. Mit diesen Begriffen schwand auch das menschliche Gefühl. Wir, ja, auch du und ich, wären nurmehr Roboter, Maschinen, gesteuert von den Eliten, die – davon bin ich felsenfest überzeugt – noch immer dort oben sitzen, auf, nicht in der Erde. Oder schon wieder. Dort, wo wir anderen niemals hindürfen, weil dort, so wird uns geradezu gebetsmühlenartig eingetrichtert, keine Form des Lebens mehr möglich ist. Schlamm, ätzende Gase, eine lebensfeindliche Umgebung: die Hinterlassenschaften der einstigen menschlichen Rasse.“

Langsam wurde das Licht schwächer, ließ das Wohlgefühl nach. Ich hätte in dem Moment vieles, vielleicht zu viel gegeben, um das Licht zu bewahren. Aber ich wurde glücklicherweise nicht gefragt. Und so verließen wir kurz darauf diesen Ort und setzten unsere Wanderung fort.

Es ist dunkel, trotz der matt leuchtenden Felswände, sehr dunkel, und nur manchmal dringt Licht durch den einen oder anderen der Schächte, die mehrere Hundert Meter lang sind und bis an die Oberfläche führen. Es wäre Tageslicht, das behauptete Großvater jedenfalls, das bis zu uns hinunter gelangt. Und die Schächte wären Relikte aus Zeiten, da die Menschen noch hoffen konnten, Kontakt zu der Welt da oben zu halten.

Ob dem wirklich so ist? Oder sind es einfach aus einer anderen Zivilisationsphase stammende Übergänge, die nichts mit dem Leben auf der Erde zu tun haben? Doch was hätte ich Zweifel äußern sollen? Ihm schien es Trost zu geben, und mir …

Aber egal. Ich bin mir nicht sicher, ob Großvater weiß, nein, wusste, wo all diese Schächte aufzufinden sind, oder ob wir sie zufälligerweise kreuzten auf unseren verschlungenen Pfaden. Jedenfalls waren es Momente voller Sehnsucht in seinem Blick, wenn wir einen dieser kaum mehr spürbaren Lichtstrahlen auffingen und er sein Gesicht in das kümmerliche Hell der Welt dort oben reckte.

„Ich habe recht!“, flüsterte er dann, als müsse er sich selbst Mut zusprechen. „Ich habe recht!“

Ein Zurück an das Tageslicht gibt es schon lange nicht mehr. Wir hier unten Geborenen würden ohnehin die Sonnenstrahlen nicht lange überleben, so werden wir unablässig ermahnt. Wir würden, so dröhnt es aus den unsichtbaren Lautsprechern selbst hier, in den entlegensten, längst verlassenen

Regionen dieser Unterwelt, wir würden aufgrund unserer Hautstruktur innerhalb kürzester Zeit elendig vertrocknen und verbrennen. Paradox, diese Erklärung, ich weiß. Heißt es doch im nächsten Satz und in dem, der davor durch die Unterwelt schallte, es wäre düster und grau dort oben aufgrund des undurchdringlichen, giftigen Nebels. Wie also sollte da die Sonne etwas ausrichten können?

Doch diejenigen, an die diese kontinuierlichen Mahnungen gerichtet sind, die hier unten in der Finsternis und Unwissenheit Geborenen, sie nehmen die Widersprüche in den Aussagen nicht wahr. So wie sie nichts um sich herum wahrnehmen, mit ihren gelöschten Festplatten und ihrer fehlenden oder verkümmerten Software.

Man erkennt uns in der Dunkelheit Gezeugten und Geborenen sofort – die Evolution funktioniert hier im Zeitraffertempo: Wir alle sind weißhäutig, viele von uns sogar weißhaarig und mit kleinen, roten Augen gestraft, die teilweise kaum noch zum Sehen geeignet sind. Albinos also. Und sie werden immer mehr. Ich weiß es, auch wenn ich außer Großvater schon lange keinen anderen Menschen mehr begegnet bin.

Ich selbst bin glücklicherweise noch keiner dieser Albinos; meine Haut ist zwar sehr hell, aber noch nicht weiß, meine Haare braun, tabakbraun (was auch immer das bedeuten mag) nannte Großvater sie stets, und meine Augen sind blau, nicht künstlich rot und tot.

„Wenn ich mich ganz besonders nach dem Himmel zurücksehne, Junge, dann brauche ich nur in deine Augen zu sehen, weißt du das? Als wäre ein Stück davon in ihnen konserviert“, sagte Großvater hin und wieder, und strich mir dann gedankenverloren über den Kopf.

Er hatte so manche melancholische Momente – vermutlich viel häufiger, als ich weiß. Und das war ja auch verständlich, denn besser als jeder andere, zumindest besser als ich, wusste Großvater, dass mit jedem sterbenden Menschen, der wie er noch auf der Erde geboren worden war, ein wenig Hoffnung zugrunde ging. Die Hoffnung, jemals wieder ein Leben oberhalb der Höhlenwelt zu finden. Und nun war es an ihm selbst, zu gehen, an ihm und an der Kleinen, seiner treuen Begleiterin.

Ob die Kleine jemals in ihrem kurzbeinigen Leben die Sonne erblickt und deren Kraft auf ihrem Fell, durch ihr Fell hindurch auf der Haut gespürt hat? Ich weiß es nicht, ich habe sie ja auch nie so gut verstanden wie der alte Mann, ihr Herr, ihr Gott.

Zwischen den beiden bestand eine Vertrautheit, die mich manchmal glücklich, manchmal traurig, manchmal ratlos und immer wieder eifersüchtig machte. Ich wollte doch Großvaters engster Kamerad sein, ich wähnte mich doch näher bei ihm als die Kleine. Und dennoch, das stumme Verständnis, das blinde Vertrauen der beiden zueinander und der Gleichklang in dem, was sie taten, war wohl einzigartig – bis in den gemeinsamen Tod hinein.

Nun bin ich allein. Die Pfade hier unten sind verschlungen, und es wird höchste Konzentration von mir erfordern, mich nicht zu verlaufen auf dem Weg nach oben, ans Tageslicht, dorthin, wohin es Großvater insgeheim immer gezogen hat, seitdem er hier unten war.

Ich glaube nicht, dass er sich jemals auch nur um einen Schritt, vielmehr eine Radumdrehung, in eine falsche, nicht bewusst gewählte Richtung begeben hatte während seines Lebens hier in den Gedärmen der Erde. Er führte uns, die Kleine und mich, und stets lenkte er uns um Menschenansammlungen herum. Gleichgültig, ob es sich um eine der Megastädte handelte oder um eine Kleinstsiedlung Versprengter, wie wir drei es waren. Ja, auch die gibt es wohl, wir waren definitiv nicht die Einzigen, die ein Vagabundenleben führten, und möglicherweise existieren mehr von ihnen, als ich jemals vermuten möchte. Doch wie diese Menschen leben, ob sie wirklich Abtrünnige und Unregistrierte sind, so wie wir, oder Abgesandte der Eliten auf der Jagd nach unsereinem, das weiß ich nicht. Wir haben und hatten ja, nicht zuletzt aufgrund der Ungewissheit, nie Kontakt zu ihnen.

Nun bin ich allein – und bereite mich auf den Aufstieg vor, der, wie Großvater sagte, mühsam, aber lohnend sein würde.

„Es wird für dich sein, als würdest du in den Schweizer Alpen einen Dreitausender bezwingen. Grauenhaft anstrengend und kaum zu bewältigen auf dem Weg zum Gipfel, aber grandios am Ziel."

Typisch Großvater: Ich verstehe nichts von dem, was er erzählt, und er schwelgt in seinen Bildern und Metaphern.

Loslassen, allein sein, allein lassen – Großvater hat darüber geredet, was das bedeutet. Oft und gerne. Er kannte das Gefühl, er wusste, wovon er sprach, doch ich?

Nun ist es auch für mich an der Zeit, all diese Gefühle kennenzulernen.

Indes, darf ich meine beiden Begleiter zurücklassen? Einfach so? Großvater hat mir erzählt von den Gebräuchen früherer Generationen, die Toten zu bestatten, ihnen einen würdigen, einen sie ehrenden letzten Ruheplatz zu geben. Wie aber sollte ich, ich allein in der Lage sein, etwas vergleichbar Würdiges zu finden, hier, in dieser Welt aus Fels und Stein?

Ich stelle sie mir vor, die Gräber, wie diese Plätze hießen, die Friedhöfe, den Frieden, der von diesen Orten, der Name besagt es ja, ausgegangen sein mochte. Ob ich will oder nicht, ich muss ein klein wenig schmunzeln, so voller Trauer ich auch bin. Denn Großvater würde mich schelten ob dieser Wortdefinition, stammt „Friedhof" in seiner Bedeutung doch ursächlich nicht von dem Wort „Frieden" ab.

Doch ist das hier und jetzt von Belang? Nun, da ich Großvater und die Kleine zurücklassen muss in der nüchternen, schmuck- und trostlosen Nische einer der unzähligen Unterweltsgänge. Wiederfinden werde ich sie nicht mehr, auch wenn ich es wollte, das weiß ich, dazu gibt es der Irrwege zu viele, dafür ist mein Orientierungssinn zu wenig ausgeprägt. Wenn ich also gehe, dann wird es endgültig sein und für alle Zeiten.

Ich breite eine Decke über die beiden Körper, die noch vor wenigen Stunden den Sinn meines Lebens bedeutet haben. Eine graue, grobe Decke. Lächerlich wenig, was ich für sie tun kann. Doch immerhin besser als nichts, und schweren Herzens erhebe ich mich von unserem letzten gemeinsamen Rastplatz.

Mit jedem Schritt, den ich mich von den beiden entferne, wird mir bewusster, dass ich allein bin. Da ist niemand mehr, mit dem ich reden, schweigen, lachen oder weinen könnte. Niemand, auf den ich mich verlassen darf, der meine Hand nimmt, wenn der Weg steil und rutschig wird, niemand, der mich zu trinken und zu essen ermahnt, wenn ich wieder einmal nicht daran denke. Und niemand, der mir einen Rastplatz bereitet, wenn ich selbst zu müde bin dazu. Ich bin allein, und an diesen Gedanken werde ich mich erst gewöhnen müssen. So wie daran, wohl für immer allein zu bleiben.

Dabei sehe ich die beiden vor mir, ihre Schatten, in jeder Biegung des Ganges, vor jedem Anstieg. Ich sehe Großvaters leicht gebückte Gestalt energisch die Räder des Rollstuhls vorantreiben. Neben ihm die Kleine, trippelnd wie so oft, schlurfend wie ein alter und dann hüpfend wie ein ganz junger Hund, und ich schmunzle über ihre etwas unförmige Figur, die sie korpulenter erscheinen lässt, als sie in Wirklichkeit ist, nein, war.

Doch sie verflüchtigen sich, die Schatten. Sobald ich ihnen näher zu kommen versuche, weichen sie mir aus und lösen sich auf.

Großvater hat mir Hoffnung gemacht auf die Existenz einer Welt dort oben, dort, wohin ich gehe. Doch was erwartet mich wirklich? Stimmt all das, was er mir erzählte? Oder zumindest Bruchstücke dessen, was seine Erinnerung bewahrte? Gibt es diese Welt tatsächlich noch? Oder wieder? Oder waren es nichts als Wünsche und Hoffnungen, die in ihm am Leben blieben und ihn am Leben erhielten? Noch haben sie Bestand in mir, diese Hoffnungen, noch.

Die Sehnsucht zerreißt mich förmlich. Es geht nicht, ich komme nicht los, kann sie nicht, noch nicht verlassen. Ich halte inne, drehe um und mache mich auf den Weg zurück zu ihnen, bevor ich mich zu weit von unserem letzten gemeinsamen Lagerplatz entfernt habe.

Eine kurze Pause noch bei und mit Großvater und der Kleinen, eine letzte Totenwache, bevor ich mich endgültig auf meinen Weg mache. Warten wenigstens, bis jegliche Wärme aus den Körpern gewichen ist. Den Abschied noch ein wenig hinauszögern, von den beiden, die mir so unendlich nah gewesen waren. Ja, so soll es sein. Ich gehe die vielleicht hundert Meter zurück, die ich mich bereits von ihnen entfernt habe. Die letzten Meter laufe, nein, renne ich, aus Angst, sie könnten sich mit meinem Weggang aufgelöst haben.

Aber sie haben auf mich gewartet, als hätten sie gewusst, dass ich zu ihnen zurückkehren würde. Sie liegen so, wie ich sie zurücklassen musste, und ich dränge mich zwischen sie, den großen Menschen und den kleinen Hund. Dann schließe ich meine Augen, um ihnen ganz nah zu sein. Nur ein paar Minuten, nur ein paar Augenblicke, nur ganz kurz …

OBEN

Oben! Endlich bin ich oben. 43 Tage, 9 Stunden und 12 Minuten – nach meinem Abschied von Großvater und der Kleinen – hat es bis zu diesem ersten Etappenziel gedauert. Ein Zwischenziel, mehr ist es nicht als das, aber auch nicht weniger.

Es funktioniert gut, ganz nebenbei erwähnt, das Zählen der einzelnen Tage. Es ist mir inzwischen, wie Großvater, meinem Lehrmeister, in Fleisch und Blut übergegangen. Die Hilfe der Uhr benötige ich nicht mehr – doch wie tröstlich es ist, sie bei mir zu wissen …

Ja, 43 Tage – so lange bin ich schon allein unterwegs. Den Ausgang der Höhle habe ich bereits vor Stünden hinter mir gelassen, und damit den Weg, der herausführte aus dem Reich der Düsternis, das bisher meine Welt bedeutet hat.

Der Aufstieg bis zu dem Punkt des Übergangs von einer Welt in eine andere war entsetzlich anstrengend. Nicht nur körperlich, sondern vor allem mental – „seelisch" hätte Großvater gesagt. Denn der Weg hinauf bedeutete für mich, endgültig und für alle Zeit Abschied zu nehmen von meinen beiden langjährigen Freunden und Begleitern. Trauerarbeit war es, was ich da Schritt für Schritt, Stunde für Stunde, Tag für Tag verrichtete. Und je näher ich diesem ersten von möglicherweise vielen Zielen kam, also dem Wechsel in eine andere, eine hoffentlich lebenswertere Umgebung, desto besser erging es mir dabei. Ich lernte, loszulassen und freizugeben, um selbst frei zu werden. Und ich lernte, mit Trauer umzugehen. Denn sie ist meine ständige, beharrliche und mir zunehmend vertraute Weggefährtin geworden in diesen Tagen und Wochen – und dabei hatte ich so viele Jahre gedacht, dieses Gefühls nicht fähig zu sein …

„Trauer ist neben der Liebe und dem Hass die vielleicht stärkste Empfindung, derer wir Menschen fähig sind, Junge. Trauer und Liebe, die Fähigkeit zu diesen Gefühlen unterscheidet uns wohl am deutlichsten von allen anderen Lebewesen!"

„Aber die Kleine liebt uns doch auch? Oder nicht? Und sie ist ein Hund, kein Mensch!"

„Du hast ja recht, Junge. Sie liebt uns, und sogar in einem Maße, dessen wir Menschen gar nicht fähig sind. Nämlich ohne Einschränkung, ohne über unsere Schwächen, unsere Makel und Fehler nachzudenken. Ohne um diese überhaupt zu wissen. Liebt ein Hund einen Menschen, dann tut er das bedingungslos und für alle Zeit. Aber er vermag nicht zu nuancieren, nicht zu erkennen, dass man einen anderen trotz, manchmal sogar gerade wegen seiner Schwächen und Fehler lieben kann. Verstehst du, was ich meine?"

Ich schüttelte den Kopf. Nein, ich verstand nicht wirklich, was Großvater mir sagen wollte.

„Schau: Wir zwei, wir lieben uns, oder?"

Ich nickte stumm. Das verstand ich, mehr noch: das wusste ich!

„Wir würden alles füreinander tun, richtig? Und

das, obwohl wir um unser beider Eigenarten wissen. Es gibt Eigenschaften an mir, die du nicht gutheißt, und ich weiß ebenfalls Dinge aufzuzählen, die mich an dir stören könnten. Ich sage ‚könnten', weil die Liebe zu dir alles andere überwiegt. Wir sehen die Schwächen des anderen und wissen um sie. Und trotz dieses Wissens einen anderen zu lieben: das macht die menschliche Liebe so groß und so einzigartig und erhebt sie über die Liebe anderer Lebewesen. Weil die Fähigkeit zur Differenzierung nun einmal allein uns Menschen vorbehalten ist. Und so ähnlich verhält es sich mit der Trauer. Wenn einer von uns ginge, würde die Kleine trauern, ganz gewiss. Aber nicht um die gemeinsame Vergangenheit, sondern um die Gegenwart. Sie würde viel mehr trauern, weil ich nicht mehr da wäre, als wegen der Dinge, die sie gemeinsam mit mir erlebt hat in all den Jahren."

Als wüsste sie, dass die Rede von ihr war, streckte sich die Kleine, stellte sich auf ihre dünnen Hinterbeine und leckte Großvaters Hand.

„Dass sie mich vergessen würde, glaube ich nicht. Aber das Gestern zählt für ein Tier nicht in dem Maße, wie es für uns Menschen von Bedeutung ist. Wichtig, ja, existenziell bedeutend für einen Hund wie für andere Lebewesen, außer eben dem Menschen, ist ausschließlich das Jetzt und Hier."

„Aber warum, Großvater?"

„Warum dem so ist, fragst du? Es sind die Instinkte, die ein Tier steuern. Und diese Instinkte sind einzig und allein darauf ausgelegt, zu leben, zu überleben und, nicht zuletzt, die eigenen Gene weiterzuvererben. Aus diesem Grund handelt ein Hund fatalistisch, ja, egoistisch. Es geht um ihn, um seine Existenz, um nichts anderes."

An dieser Stelle ließ die Kleine einen leisen Seufzer vernehmen. Ob sie damit gegen die Worte protestieren wollte oder ihnen beipflichtete? Großvater hätte es mir sicher sagen können. Doch da er die Töne kommentarlos überging, tat ich so, als hätte ich sie nicht einmal wahrgenommen.

„Wir Menschen aber, wir trauern um einen anderen Menschen nicht allein deshalb, weil er nicht mehr bei uns ist, weil uns, auf die Ebene eines Hundes übertragen, zum Beispiel ein Ernährer und Beschützer abhandengekommen ist, oder die Möglichkeit, uns fortzupflanzen. Nein, wir trauern, weil wir die Erinnerung an die Zeit mit diesem anderen Menschen in uns tragen. Weil wir eben dieses Gefühl der Liebe kennen, und das der Trauer, beides eng verwoben mit der Erinnerung. Verstehst du, was ich meine, Junge?"

Allein ein Blick in meine Augen genügte Großvater, um sich diese Frage selbst zu beantworten. Und das war gut so, denn manchmal, so wie in diesem Moment, fehlten mir die Worte, um all die Fragen, die in meinem Kopf kreisten und meine Gedanken verwirbelten, zu formulieren.

„Ein Beispiel, vielleicht ist es dann verständlicher: Du wirst dich bis an dein Lebensende daran erinnern, wie du in der Reihe anderer Kinder stehen musstest, darauf wartend, registriert und fortgebracht zu werden. Und dann kamen die Kleine und ich, und wir alle drei wussten mit dem ersten Blick, dass wir füreinander bestimmt waren, obwohl wir uns noch nie zuvor begegnet waren. Du erinnerst dich an all unsere Gespräche, an unsere gemeinsamen Wege, an unser gemeinsames Tun und Lassen. Daran wirst du denken, wenn ich nicht mehr sein werde. Das ist Trauerarbeit, der du dich stellen wirst. Gleichgültig, ob du das willst oder nicht. Und das, was dich an mir geärgert hat, was dir nicht gefallen hat, meine Maßregelungen, so manche Gängelung …"

Ich wollte ihn an dieser Stelle unterbrechen und gestikulierte vehement, um zu protestieren. Ich wollte ihm sagen, dass ich nichts irgendwann als Gängelung empfunden hätte, doch er ließ mich nicht zu Wort kommen und unterband meinen Einwand mit einer knappen, energischen Geste. Es war eine einzige Handbewegung, die selbst die Kleine, die wieder zusammengerollt zwischen uns lag, kurz den Kopf heben und verschlafen blinzeln ließ.

„Doch, doch, ich weiß, dass es diese Einschränkungen gibt, mach dir da nichts vor! Auch das sind Wesenszüge von uns Menschen. Aber du wirst all das Negative mit der Zeit verdrängen, es zumindest im Vergleich mit dem Positiven deutlich weniger intensiv empfinden. Was von mir in deiner Erinnerung bleibt, das wird all das Schöne sein, das uns aufgrund unserer Freundschaft und Liebe über den

Tod hinaus verbindet. Auf Ewigkeiten und unzerbrechlich.“

Seit diesem Gespräch über die Trauer plagte mich während so manch schlafloser Stunde die Angst, kein vollständiger Mensch zu sein, da ich dieses Gefühls nicht mächtig war. Sicher, es gab Momente, da ich weinte, weil ich aus dem einen oder anderen Grund traurig war. Sei es, weil Großvater gerade nicht bei mir war, sei es, weil die Kleine sich einem meiner Annäherungsversuche entzog, oder aus anderen Gründen. Aber ich wusste, dass traurig zu sein nicht gleichzusetzen war mit dem, was Großvater unter Trauer verstand und mir zu beschreiben versucht hatte.

Jetzt, nachdem die beiden mich verlassen haben, weiß ich, was Trauern heißt und Trauerarbeit bedeutet, und begreife, dass ein Mensch dieses Gefühls erst in genau einer solchen Situation fähig sein kann.

Immer wieder nahm ich auf meinem Weg durch das nach oben führende Labyrinth den Rucksack ab. Er wog schwer. Und selbst nach den vielen Tagen des Marschierens ist er auch jetzt noch immer gut gefüllt mit Wurzeln, Pilzen und Moosen. Aber auch mit dem Lexikon, das ich nicht zurücklassen konnte bei Großvater, und dem Atlas, der mir so sehr ans Herz gewachsen ist in all den Jahren.

Das wichtigste in diesem Rucksack indes ist Großvaters Notizbuch, voll mit Zeichnungen, Beschreibungen und Schilderungen, die für mich allzu oft keinen Sinn ergeben. Und dennoch weiß ich inzwischen, nein, wusste ich bereits, als ich mich auf meinen Weg machte, Großvater und die Kleine zurücklassend, dass dies sein vielleicht bedeutendstes Vermächtnis an mich darstellt, dieses unscheinbare, abgegriffene Buch.

Wie gerne hätte ich auch das eine oder andere von Großvaters Lieblingsbüchern mitgenommen, die wohl verborgen vor neugierigen Augen unter der Sitzfläche seines Rollstuhls versteckt waren: *Ulysses*, *Die Stadt der Blinden* und *Der Klang der Zeit* zum Beispiel. Oder Romane von Lion Feuchtwanger, Günter Grass, Paul Auster. Doch die Vernunft hatte letztendlich gesiegt: Lieber ein paar Wurzeln und Moose mehr anstatt der Bücher, wusste ich doch nicht, was mich oben oder wo auch immer ich jemals ankommen sollte, erwarten würde.

Auf meinem Weg aufwärts, während stundenlanger, ermüdender Wanderungen durch Tunnel und Gänge, die stetig nach oben, immer nur nach oben führten, hatte ich neben meinen Erinnerungen an die gemeinsame Zeit mit Großvater viele Stunden, um darüber nachzudenken, worin die auf mich wartende Aufgabe bestehen mochte. Natürlich, ich sollte Zeuge werden von der Existenz der von Großvater geschilderten Welt und dieses Zeugnis in Schriftform festhalten für nachfolgende Generationen. Doch zugleich sollte ich, und das war vielleicht sein viel größeres Anliegen, Chronist und Bewahrer der Zeiten werden, die längst vergangen sind.

Ich sollte, so sein Wille, die Erinnerung an eine Welt konservieren, die einmal nicht in „oben“ und „unten“ geteilt war, eine Welt, die keine Unterwelt kannte. Eine Welt voller Licht – und zugleich doch so voller Schatten. Aber wo, fragte und frage ich mich wieder und wieder, würde ich diese Erinnerung finden, jetzt, da Großvater, der Bewahrer dieses Vermächtnisses, tot ist?

Die Grenzen zwischen den Welten erschienen fließend, als ich den Ausgang der Höhle erreicht hatte. Die Dunkelheit änderte sich um nichts als Nuancen, dafür wurde die Beschaffenheit der Luft eine andere: das Dumpfe und Feuchte der Höhlenwelt wich nach und nach etwas Lebendigem, Reinem und Freiem. Indes ging dies zunächst so schleichend vonstatten, dass mich die Erkenntnis dieser Veränderung erst spät traf.

Aber das, was ich dann zu sehen bekommen sollte, machte mich im wahrsten Sinne des Wortes fassungslos. So unspektakulär der Übergang von der einen Welt in die andere auch gewesen sein mochte, so grandios war das Schauspiel, das die sich verwandelnde Umgebung bot, nachdem ich einige Zeit einfach nur am Ausgang der Höhle gesessen hatte. Tief die Luft einatmend und fremde, verlockende Gerüche in mich aufnehmend.

Die undurchdringliche Schwärze des Firmaments wurde mit einem Mal durchbrochen. Erst von einem, dann von zwei, drei, vier, zehn, zwanzig, hundert, tausend und letztendlich unzähligen hellen Lichtpunkten, die das Dunkel überzogen und wie ein lebendiges Wesen erscheinen ließen. Das, ja, das musste er sein, der Sternenhimmel, von dem Großvater mir nichts hatte erzählen können, außer, dass es jedes Mal ein ergreifendes, nein, ein unbegreifliches Ereignis für ihn darstellte, das Aufblühen des Sternenhimmels während wolkenloser Nächte.

Zahlen hatte er genannt, wie so oft, wie so gerne: 70 Trilliarden Sterne gäbe es – das würden zumindest Wissenschaftler behaupten – und 5000 davon könne man mit dem bloßen Auge als Lichtpunkte am Nachthimmel erkennen. Er wirkte beeindruckt von diesen Zahlen, begeistert, doch mir, mir bedeuten Zahlenangaben ja nichts, nicht gestern, nicht heute, und vermutlich auch morgen nicht. Aber das, was ich am Himmel über mir zu sehen bekam, das, ja, das bedeutete mir etwas. Auch wenn ich es noch nicht begreifen vermochte.

Ich legte mich auf den Rücken und blickte hinauf in diese schier unendliche Weite, erkannte Sternenformationen, die mein alter Freund und Ratgeber für mich aufgemalt hatte: die Fixpunkte und die gedachten Linien zwischen ihnen, die den Formationen letztendlich ihre Gestalt und damit den Namen der daraus entstandenen Sternbilder gaben. Und da, als ich ein wenig zu erfassen begann, was sich über mir aus der Schwärze herausgeschält hatte, da erst erwachte in mir die Erkenntnis, tatsächlich an der Erdoberfläche angelangt zu sein.

Während ich also die unendlichen Weiten des Himmels mit seinen unzähligen Sternenpunkten betrachtete, da wurde mir langsam bewusst, dass ich diesen Übergang geschafft hatte, geschafft, ohne ihn wirklich gespürt zu haben, ohne Schmerzen dabei zu empfinden oder gar zerrissen zu werden von den Extremen, die mich angeblich hätten empfangen sollen, ohne schlammigen Untergrund, ohne ätzende Nebelschwaden oder wahlweise tödliche Sonnenstrahlen. Auf einmal erklang in der Ferne ein leises, in mir bis dahin unbekannte Sehnsüchte weckendes Geräusch. Was war das?

Es war mehr als nur ein Geräusch, viel mehr. Es waren schöne Klänge, eine Abfolge wunderbar melodischer Töne, die langsam lauter wurden, sich wiederholten, multiplizierten und aus denen nach und nach Hunderte wurden. Ich vernahm sie von allen Seiten, und sie endeten in allen nur vorstellbaren Klangstafetten. Das Herz ging mir auf bei dieser Musik, es öffneten sich Schleusen in mir und ich meinte, endlich zu erahnen, was Großvater gefehlt haben musste, all die Jahre in der tonlosen Finsternis.

Was mich da empfing, waren die Gesänge von Amseln, die ihr morgendliches Lied anklingen ließen, und nach und nach stimmten immer mehr Vogelarten ein. Es dauerte nicht lange, bis ich sie erkannte, eine um die andere. Anscheinend war ich so in den Anblick des Sternenhimmels vertieft gewesen, dass ich darüber nicht bemerkt hatte, wie schnell die Zeit verging. Und je lauter und vielstimmiger die Gesänge wurden, desto mehr Sterne verblassten am Himmel über mir.

Großvater hatte hin und wieder versucht, mir die unterschiedlichen Vogelstimmen nahezubringen, wenngleich sein Pfeifen nicht im Geringsten mitzuhalten vermochte mit dem, was ich da zu hören bekam, aus allen Himmelsrichtungen, von nah und fern. Und während die Gesänge immer zahlreicher wurden und immer mehr und neue Vögel einzustimmen begannen, wich die Finsternis langsam der nahenden Dämmerung. Die Sterne verblassten, einer um den anderen, bis unvermittelt ein leuchtend roter Streif zunächst den fernen Horizont und mit einem Mal den Himmel über mir sowie nach und nach die gesamte Welt um mich herum zu erhellen begann. Das Firmament verfärbte sich langsam von Schwarz in Violett, in leuchtendes Rot, in brennendes Orange. Wolken bildeten darin bizarre Formationen, Schemen bisher nicht existenter Wesen und Gegenstände schälten sich aus der Finsternis und wurden Realität. Eine neue Welt in der für mich neuen Welt.

Der Anblick raubte mir den Atem, und ich wusste nicht, ob ich in Tränen ausbrechen oder jauchzend und jubilierend umherspringen sollte angesichts dieses überwältigenden Augenblicks.

Anstatt den Höhlenausgang zu verlassen, blieb ich sitzen, mit offenem Mund und ergriffen von dem Schauspiel. Ich saß und guckte, bis Nebel, klarer, reiner, unbefleckter Nebel überhandnahm und das unbeschreibliche Farbenspiel des Himmels nach und nach verdeckte.

Es war der Morgen eines für mich wahrhaft denkwürdigen Tages, dem seither ein denkwürdiger Tag auf den anderen folgen sollte.

Die grandiose Himmelsfärbung wich also dem Nebel, doch auch dieser verflüchtigte sich mit der Zeit, nachdem ich mich auf den Weg gemacht hatte. Woran sollte ich mich orientieren, wenn ich die Oberfläche der Erde betreten hätte? Richtig: Ich folgte der Richtung, in der das spektakuläre Farbenspiel seinen Ausgang genommen hatte, wandte mich also gen Osten.

Zunächst umfing mich dichtes, wild wucherndes Gestrüpp, wohl entstanden aus den Überresten einer abgestorbenen Aerobol-Plantage, so schien es mir, deren Gerippe noch immer, tot und monoton und kahl, Reihe um Reihe in den Himmel ragten, so wie sie einst gesetzt worden waren. Zwischen ihnen und um sie herum hatte sich neues Leben aus den unterschiedlichsten Pflanzenarten entwickelt, ungestört und ungehindert. Ich erkannte vieles davon: Farne, Sträucher, Büsche und Bäume. Aber auch Pflanzen, die mir vollkommen fremd waren, die mir weder Großvater beschrieben noch das Lexikon erklärt hatten, bedeckten einstige Brachflächen, und die Regelmäßigkeit der von Menschenhand angelegten Pflanzungen war im Begriff, sich aufzulösen:

Hier die Überreste eines verkümmerten Baumes, dort eine Lichtung, wo Grundwasser Bäume daran gehindert hatte, Wurzeln zu schlagen, und überall dazwischen pulsierendes Leben.

Das Grün, das mich umfing, bestand mitnichten aus einer einzigen Farbe. Nein, Grün besteht, jetzt wusste ich es nicht nur, jetzt sah ich es auch, wie das Rot des Morgenhimmels, aus einer Unzahl von Farben und Schattierungen, aus immensen Facetten und Feinheiten. Ein Schatz, allein diese Fülle mit eigenen Augen sehen und erleben zu dürfen. Und ich fühlte mich reich beschenkt, vom ersten Moment an, da ich die ewige Dunkelheit mit ihrem unbarmherzigen Dämmerlicht verlassen hatte.

Doch in die Begeisterung mischte sich nach und nach auch Sorge: Wie könnte ich jemals schildern und in Worte fassen, was „Grün“ bedeutet? Oder „Rot“? Ich ahnte bereits nach wenigen Stunden Aufenthalt auf der Erdoberfläche, dass die Aufgabe, die Großvater mir übertragen hatte, weitaus schwieriger werden würde, als ich es jemals erwartet hatte.

Nachdem ich Stunde um Stunde durch diese mir fremde und doch zugleich aus unzähligen Schilderungen so vertraute Umgebung gelaufen war, hätte ich mich am liebsten auf einer der stillen, friedlichen Lichtungen niederlassen mögen, um all das in Ruhe wirken zu lassen, was da neben den Farben auf mich einstürmte.

Allein schon die Luft, die ungewohnt und ganz anders war als die unserer Unterwelt, so rein, so frisch.

Obwohl es doch immer geheißen hatte, die Atemluft hier oben sei wesentlich stärker verschmutzt als der angeblich über hochkomplizierte Filteranlagen gereinigte Sauerstoff dort unten. Viel zu stark belastet von Umweltgiften, als dass uns Menschen hier oben ein dauerhaftes Überleben möglich wäre.

Mag sein, dass dem so ist, ich weiß es nicht. Und doch riecht sie so gut, diese Luft. Sie riecht nach Natur, nach Freiheit, nach den Bäumen und Sträuchern, nach dem Nebel und dem Morgenrot und nach Abermillionen anderen Dingen, die ich in diesen ersten Stunden spürte und doch noch nicht kannte. In erster Linie indes riecht sie nach einem: nach wirklichem, wahrhaftigem Leben!

Ich wollte auf der Lichtung sitzen bleiben und staunen und lauschen und lachen und weinen und mich nach Großvater sehnen und mindestens genauso sehr nach der Kleinen, doch meine Neugier war stärker und trieb mich voran. Nach einer viel zu kurzen Pause setzte ich meinen Weg fort, gespannt auf das, was mich noch erwarten mochte.

Die Sonne! Dass sie es war, die den Himmel bei meiner Ankunft an der Erdoberfläche erst violett, dann rot und blutrot und orange gefärbt hatte, war mir anfangs nicht wirklich bewusst gewesen. Doch als sie sich beharrlich immer weiter aus den wabernden Nebelfeldern herausarbeitete, ein zunächst milchiger Ball in diffusem Licht, langsam das Weiß fressend und das Blau des Himmels freilegend, da wusste ich, nein, ich wusste es nicht, ich ahnte nur ein weiteres Mal, was es für Großvater und viele Gleichgesinnte bedeutet haben mochte, diese Welt gegen die da unten, aus der ich soeben emporgestiegen war, tauschen zu müssen.

Es zerriss mir förmlich das Herz, als ich mir vorzustellen versuchte, welche Sehnsucht ihn geplagt haben muss, über Wochen, Monate und Jahre bis zu seinem Tod. Ja, als ich die Sonne das erste Mal wirklich wahrnahm und ihre wärmenden Strahlen auf meiner Haut spürte, da wusste ich, dass es pure Untertreibung von Großvater gewesen war, zu behaupten, lediglich dem Körper wäre mit der Entscheidung, diese Welt zu verlassen, die Kraft der Sonne und damit ein Stück der Freiheit genommen worden. In ebensolchem Maße war es doch die Seele, die unter dem Verlust der Sonne, der Luft, ja, des gesamten Lebens auf der Oberfläche des Planeten zu leiden hatte, die Seele und der menschliche Geist.

Genau wie Großvater es mir aufgetragen hatte, folgte ich dem Punkt, an dem die Sonne aufgegangen war. Und gelangte irgendwann im Laufe dieses ersten Tages in einer neuen Welt, möglicherweise in einem neuen Leben, an eine große, dunkel glitzernde Spiegelfläche, die umsäumt war von dichtem Gebüsch und Bäumen.

Ich näherte mich vorsichtig dem Gegenstand, oder dem Zustand, oder wie auch immer man das nennen will, das da still und verlockend vor mir lag.

Es gab gluckernde, glucksende und schmatzende Geräusche von sich, wie es sich so hin- und herbewegte in sich selbst. Keine Frage, das musste der kleine See sein, von dem mir Großvater erzählt hatte. Ich schien mich seiner Heimat und damit seinem Haus, meinem Ziel, zu nähern.

Ich kenne Seen, selbstverständlich, es gibt sie in der Unterwelt auch, und in nicht einmal geringer Zahl. Aber sie glitzern nicht, sie bewegen sich nicht, und sie geben keine Geräusche von sich. Sie liegen in der Dunkelheit, fast noch schwärzer als ihre Umgebung, und sendet man einen Lichtstrahl über ihre Oberfläche, so wird dieser verschlungen, ohne Möglichkeit, je wieder zu Licht zu werden.

Ein See, ein wahrer, ein wirklicher See. Großvater hat davon erzählt, und davon, dass er gerne geschwommen sei in den Gewässern rings um seine Heimatstadt.

„Schwimmen – was ist das?", habe ich ihn gefragt, und er hat, anstatt zu antworten, in seinem Rollstuhl sitzend wild mit den Armen gerudert und mit den Füßen gestrampelt, so weit seine eingeschränkte Beweglichkeit das zuließ. Ich lachte Tränen, als ich ihn so sah, diesen steifen alten Mann mit seinen unkoordinierten Bewegungen in seinem Gefährt.

„Ich will das auch!", kreischte ich vor Vergnügen, doch sofort stellte er sein Tun ein und wurde ernst, er, der eben noch mit mir gelacht hatte: „Untersteh dich, jemals auch nur einen Fuß in einen See oder ein anderes Gewässer zu stecken!", rief er. Sein abrupter Stimmungswandel erschreckte mich zutiefst, und fast heulend fragte ich: „Warum? Das ist doch lustig!“

„Lustig kann es sein, ja“, nickte er, „aber man muss das Schwimmen beherrschen, sonst geht man im Wasser unter und ertrinkt jämmerlich!“ Seine Stimme hatte einen Klang angenommen, der mir verbot, weiterzufragen und in die Tiefe zu gehen. Ich wusste, dass es, gerade in Bezug auf jene mir so fremde Welt, seine, Großvaters Welt, Dinge gab, die mir nicht erklärt würden und Fragen, die ich nicht zu stellen hatte.

Nun also stand ich ganz offensichtlich vor einem solchen See, und wusste nicht so recht, was ich weiter tun sollte. Einerseits lockten das Glitzern, das sanfte Plätschern und der Friede, den dieser Ort ausstrahlte, andererseits hallte die mahnende Stimme in meinen Ohren wider: *Man muss das Schwimmen beherrschen, sonst geht man im Wasser unter und ertrinkt jämmerlich!*

Ich beschloss also, einen Kompromiss einzugehen, mit dem, so hoffte ich zumindest, auch Großvater einverstanden gewesen wäre. Und der zugleich geeignet war, meine Neugier zu stillen. Vorsichtig näherte ich mich dem schwarzen Etwas, dabei jeden Schritt abwägend, bis ich am Rand des großen Wassers stand. Ein schmales Kieselsteinband zog sich da entlang, wo Land und Wasser aufeinandertrafen, so, als solle dadurch die Begegnung der beiden Elemente abgemildert werden. All meinen Mut nahm ich zusammen und tauchte, mich am Stamm einer der kleinen, sich bis direkt an das Wasser heranwagenden Bäume festhaltend, meinen linken großen Zeh in diese Flüssigkeit.

Es fühlte sich kalt an und nass, aber nicht anders als das Wasser, das ich aus meiner mir bisher vertrauten und doch so fremden Welt kannte. Und obwohl ich nicht schwimmen konnte, schien ich nicht zu ertrinken bei der Berührung. Eigenartig. Sollte Großvater übertrieben haben mit seiner Mahnung?

Ich stand einige Zeit da und tunkte mal den einen Zeh, mal den anderen in das dunkle Nass. Dann den einen Fuß, danach den anderen. Noch immer schien sich nichts an und in mir zu verändern. Also wurde ich mutiger, ließ mich auf die Knie nieder und hielt meine Finger, meine Hände und zuletzt meine Unterarme hinein, faltete meine Hände zu einem Trichter, fing Wasser darin auf und leckte daran. Dann nahm ich einen Schluck davon in den Mund. Es schmeckte anders als das Wasser, das ich kannte. Es schmeckte nicht nach nichts, sondern nach Erde, nach Reinheit und nach Leben. Schmeckte so, wie die Luft riecht, seit sie mich nach Verlassen der Unterwelt empfangen hat: wie köstlich!

Ich erhob mich wieder und beschloss, die glitzernde Fläche zu umrunden: jeder einzelne Schritt, den ich tat, jeder Blick, den ich wohin auch immer richtete, glich einer Offenbarung und einer Explosion der Sinne. Dabei wusste ich doch nur allzu genau, dass ich noch nicht einmal den kleinsten

Funken dessen wahrgenommen, geschweige denn verstanden hatte, was Großvater meinte, als er von dem Leben sprach, das jenseits unserer Finsternis liegt.

Als ich nach der Umrundung an meinen Ausgangspunkt zurückgekehrt war, ließ ich mich nochmals am Ufer nieder, um erneut die dortige Ruhe in mir aufzunehmen. Trank wieder von dem herrlichen Wasser und badete meine Arme und Beine darin. Dann verließ ich den See, schweren Herzens und neugierig auf Kommendes zugleich.

Wie viele Stunden und wie weit ich an meinem ersten Tag in der mir fremden Welt marschiert sein mochte? Ich weiß es nicht. Ich weiß nur, dass die Sonne mit mir gewandert war, den Himmel empor, immer höher und höher, bis kein Schatten mehr auszumachen war, um dann langsam wieder herabzusinken.

Blumen lernte ich auf diesem Weg kennen, bunte, in unzähligen Größen, Formen und Farben existierende Wunder der Schöpfung. Soweit überhaupt, kannte ich sie lediglich aus Großvaters Zeichnungen in seinem Notizbuch, aus seinen Beschreibungen und aus dem allwissenden Lexikon. Jetzt aber hatte ich sie vor mir. Fühlte die Blätter zwischen meinen Fingern, roch an den Blüten und spürte das Leben darin.

Ich begegnete Tieren. Hörte Vögel singen, sah Eidechsen und Blindschleichen meinen Weg kreuzen. Entdeckte Hasen, Eichhörnchen, Katzen und

Mäuse. Eine der letzteren sogar im Maul eines alten Katers.

Ob die Kleine früher ihre Beute während der Jagd ebenfalls erst mit sich herumgetragen oder ob sie sie gleich verschlungen hatte?

Ja, ich wusste die Tiere allesamt tatsächlich beim Namen zu nennen, sobald ich sie sah. Und dennoch waren die Begegnungen vollkommen neu, vollkommen anders, als ich es mir jemals hätte vorstellen können. Die Bewegungen, die Lebendigkeit, das Leben in diesen Geschöpfen – ich hatte bislang keine Ahnung davon, was das Leben tatsächlich beinhaltet. Und wie hätte Großvater mir das auch jemals beschreiben, geschweige denn erklären können, das Unfassbare, Unbeschreibliche, Unerklärbare des Lebens?

Und dann, auf einmal, war es so weit: Das Vermächtnis meines Großvaters – ich sah es vor mir, ich hatte es gefunden. Sein Haus, sein Daheim!

Der Weg dahin war exakt so, wie er ihn mir viele Dutzende Male geschildert hatte. Die Beschreibung stimmte bis auf die unbedeutendste Straßenkreuzung überein. Ein Wunder? Oder vielmehr der Tatsache geschuldet, dass er diesen Weg zu seinem Haus mehrere Hunderttausend Mal gegangen und wohl ebenso oft in seinem Rollstuhl gefahren war? Zuerst in der Realität dieser, also seiner Welt, als Kind, als Jugendlicher, als junger Erwachsener, als Mann. Und dann, nach der Flucht, vielmehr nach seiner Verschleppung in die neue Welt jenseits dessen, was einst seine Heimat gewesen war, in Gedanken und voller Sehnsucht. Tagein, tagaus war er, mich mit sich führend, den Wegen zu seinem Heim gefolgt und hatte mir dabei jeden Baum, jeden Strauch, jedes Bauwerk und jede Straße beschrieben, die er in Gedanken passierte, all die Jahre, in denen sein Geist den Weg nach Hause suchte und fand.

Nach Hause, vielleicht zu seiner Frau, vielleicht zu seinen Kindern – darüber hat er nie mit mir gesprochen –, aber ganz gewiss nach Hause zu seinen Büchern.

Ja, ich habe es auf Anhieb erkannt. Wie auch nicht? Schließlich ist es mir mehrere Hundert Mal in allen Einzelheiten beschrieben worden. Es war mir sofort vertraut, dieses Haus – und dennoch so fremd, wie es sich mit seinem schiefen Dach da hinter einer mächtigen grünen Wand scheinbar wegzuducken versuchte vor fremden Blicken. „Fichtenhecke“ hat Großvater die grüne Wand genannt, die er mir als Umgrenzung des Grundstücks an dieser einen, der Straße zugewandten Seite beschrieb.

„Fichten“ und „Hecken“: Das eine bis zu fünfzig Meter hoch werdende Waldbäume, das andere in dichter Reihe gepflanzte Sträucher und Büsche zum Schutz gegen Sicht und Lärm. Das zumindest habe ich den Lexikonbeiträgen zu beiden Begriffen entnommen. Ich vermochte mir diese Kombination nicht vorzustellen, doch Großvater schien es als das Selbstverständlichste der Welt zu erachten, von einer Fichtenhecke zu reden. Nun verstand ich, was er meinte. Wieder einmal.

Ein wenig abseits von allen anderen Häusern der Siedlung befindet es sich, so, als meide es deren Gesellschaft – oder als würde seine Gesellschaft von den anderen gemieden. Mir kann es nur recht sein, wer weiß schon, was alles hier auf mich wartet, hinter dieser grünen Wand …

Das rostige Gartentor quietschte ein wenig, als ich es öffnete. Wann dieses Tor wohl das letzte Mal von Menschenhand bewegt worden war? Und von wem? Von dir, Großvater? Doch ich hatte keine Zeit, mir Gedanken um diese Frage zu machen, denn nun, die grüne Wand in meinem Rücken, lag es offen vor mir, das Haus, *sein* Haus.

Wie aber hätte ich es beschreiben sollen? Ich, der ich doch noch nie zuvor etwas Derartiges zu Gesicht bekommen habe in meinem Leben. Natürlich, Großvater hat es mir erklärt, sein Haus, hat es aufgezeichnet und alles getan, um es für mich sichtbar zu machen. So wie bei all den anderen Dingen und Lebewesen, auf die ich getroffen bin, seit ich den Übergang von einer Welt in die andere hinter mich gebracht habe. Und dennoch, dennoch gelang es mir nicht, sein Zuhause wirklich zu erfassen. Vielleicht bin ich zu einfältig …

Es ist ein kleines, unscheinbares Haus, viel älter als die Häuser in der Nachbarschaft, und viel weniger herausgeputzt.

Was hätte ich in dem Moment, als ich davorstand, mit dieses Aussage anfangen sollen, Großvater? Ja, es ist wohl so, wie er es beschrieben hat: Ich erkannte die roten Dachziegel, die wie Schuppen übereinander lagen und trotz der Neigung des Daches Halt aneinander fanden. Ich sah die von seiner Hand kunterbunt angestrichenen Fensterläden und bemerkte die von ihm ausgebesserten Stellen in dem, so nannte er es, fröhlich-gelben Lehmputz, aber ich begriff nicht das Gesamte!

Und da fragte ich mich: Was bedeutet mir das alles, diese Umgebung, dieses Haus?

Die Haustür, von der er mir voller Stolz berichtete, dass er selbst das Holz dafür ausgewählt hatte, sie war es, die mich letztlich anzog. In dem Moment, als ich sie berührte, da spürte ich: Großvaters Welt beginnt für mich, der ich auf so viel Vertrautes hoffte und mich doch so verloren fühlte vor diesem Haus, hinter der Eingangstüre. So viel dir, Großvater, das Äußere deines Daheims bedeutet haben mag, so sehr drängte es mich in sein Inneres.

Ich öffnete die Tür zu dem unscheinbaren Gebäude, und ein weiteres Mal betrat ich eine mir neue, fremde und doch aus all den unzähligen Beschreibungen so wohlbekannte Welt.

Es riecht, nein, es duftet nach ihm, nach Großvater, so, als hätte er die Räume erst gestern verlassen.

Seit ich das Haus betreten habe, durchquere ich die Zimmer voller Andacht und Demut, vorsichtig, leise, um den hier herrschenden Frieden zu bewahren und nichts in der Ordnung durcheinanderzubringen oder gar zu zerstören.

Die Bibliothek: Wie oft hat er sie mir geschildert, seine Schätze in raumhohen Regalen, sein Heiligtum gewissermaßen, das Herz seines Heims. Er benannte eines jeden Titels Platz, er kannte alle seine Bücher und wusste um ihren Inhalt. Und er litt unsägliche Schmerzen, weil er sie hatte zurücklassen müssen.

Als ich sie das erste Mal sah, als ich ihren Geruch förmlich einsaugte, da fühlte ich, was er gemeint hatte, da verspürte ich fast körperlich seine Qualen, auch wenn er sie mir gegenüber niemals direkt erwähnt hat. Was für Schmerzen mag es bedeutet haben, diese seine Schätze nicht mehr in die Hände nehmen, nicht mehr riechen und nicht mehr darin blättern zu können?

Seit meiner Ankunft schwelge ich in seinem Vermächtnis. Zunächst tat ich das in der dunklen Bibliothek. Finsternis macht mir nichts aus, ich bin sie ja gewohnt.

Bevor ich es wagte, ein erstes Buch aus einem der Regale zu nehmen, verweilte ich stundenlang stumm und mit offenem Mund auf dem Boden und ließ auf mich wirken, was ich da vor mir hatte. Ähnlich wie am Eingang der Höhle wenige Tage zuvor, als ich das erste Mal zu spüren bekam, was es heißt, mich in dieser Welt zu befinden.

Hunderte, nein, Tausende Buchrücken blickten mich erwartungsvoll an. So, als wünschten sie nichts sehnlicher, als von mir berührt, von meinen Händen genommen und von meinen Augen gelesen zu werden. Doch ich durfte nichts übereilen. Zunächst musste ich mit meinen Sinnen erfassen und mit meinem Geist begreifen, was für ein Schatz sich mir da auftat. Dann musste ich die Sortierung erkennen, nach der all die Bücher geordnet worden waren vor vermutlich unendlichen Zeiten. Und zuletzt galt es, diese Sortierung – obwohl sie von Großvater stammte! – zu hinterfragen. Und danach, das allerschwerste Unterfangen, musste ich mich entscheiden, wo ich, wenn überhaupt, anfangen sollte, nein, durfte, und welches Buch ich als erstes in die Hand nehmen wollte.

Sollte ich neben den Lücken beginnen, die jene Bücher hinterlassen hatten, die ich bereits kannte, weil Großvater sie mit sich genommen hatte in die schrift- und buchlose Welt dort unten, heimlich und sein Leben, zumindest sein Wohl riskierend? Sollte ich unten links beginnen oder oben rechts? In der Mitte? Oder sollte ich einfach an eines der Regale herantreten und blind nach dem ersten Buch greifen? Oder sollte ich ganz nüchtern und wissenschaftlich vorgehen, von alt nach neu? Nach Themen sortiert oder nach Autoren?

Ich war zu überwältigt von dem, was der Raum mir offenbarte, als dass ich in der Lage gewesen wäre, eine Entscheidung zu treffen. Also blieb ich sitzen und berauschte mich an Schriften und Titeln und an der Überfülle geistigen Lebens, das mich umfing und auf mich wartete. Stunde um Stunde, eine schier endlose Zeit. Erst als ich merkte, dass die Vorräte in meinem Rucksack weniger wurden, raffte ich mich auf, auch den anderen Zimmern des Hauses einen Besuch abzustatten.

Schlafzimmer, Musikzimmer, Küche. Alles neu, alles fremd und doch dank Großvaters Beschreibungen so vertraut, als hätte ich mein halbes Leben hier verbracht und käme lediglich von einer langen Reise zurück.

Wie besessen hatte er mir in allen Einzelheiten geschildert, was ein Haus bedeutet, was es beinhaltet, wie es aufgebaut ist. Er hat mir den Grundriss in seinem Notizbuch aufgezeichnet, mit der gesamten Möblierung, so, wie er sein Heim verlassen hatte. Als wäre er bereits damals, schon kurze Zeit, nachdem er mich zu sich genommen hatte, sicher gewesen, dass ich eines Tages hier ankäme.

Verwundert es, wenn ich erwähne, dass selbst das kleinste, das scheinbar unbedeutendste im Notizbuch beschriebene Detail mit der Wirklichkeit übereinstimmte?

Die Küche, ein heller Raum. Gleißendes Sonnenlicht strömt durch die Fenster, die weder von Rollläden noch von Vorhängen verdeckt sind. Ich öffne den Kühlschrank, jenes Gerät, das mich, als Großvater davon berichtete, so sehr zum Lachen gebracht hatte, dass er seine Erzählung unterbrechen musste.

„Was ist so lustig an dem, was ich dir beschreibe, Junge?“

„Ach Großvater, wozu muss man einen so kleinen Raum kühlen? Hättet ihr nicht einfach Löcher graben können? Und wofür das Licht, das sich anschaltet, wenn man die Türe öffnet? Was hilft es den Wurzeln und Pilzen, wenn es hell wird um sie herum?“

Und er nickte mit dem Kopf. „Ja, du hast recht – du musst das als lustig empfinden. Aus deiner Sicht. Aber weißt du, das Leben da oben, auf der Erde, nicht in ihr, war und ist so anders. Schau mal, ein kleines Beispiel …“

So war es immer: Eine Beschreibung von ihm, eine Bemerkung von mir dazu, und schon führte uns das Ganze zu völlig anderen Themen und Fragen. Ich liebte diesen Flug der Gedanken, genoss ihn, so wie ich nach dem Verlassen der Unterwelt die ersten Sonnenstrahlen auf meiner Haut genießen sollte.

Ich trete also an den Kühlschrank heran und öffne die Türe, bedächtig, vorsichtig. Wird es sein, wie Großvater es vorhergesagt hat? Nein, kein Licht geht an, aber immerhin: kühle, klare Luft strömt mir entgegen, woher sie auch kommen mag. Der Innenraum des Schrankes ist sauber, weiß – und leer. Keines der mir beschriebenen Dinge finde ich darin vor.

„Lebensmittel“, so hat er genannt, was zu seiner Zeit in diesem kleinen Raum aufbewahrt worden war, und ich bräuchte keine Angst davor zu haben, könnte alles essen, was ich in diesem Schrank vorfände. Denn das wäre der Sinn eines solchen Kühlschranks: die darin aufbewahrten Lebensmittel genießbar zu erhalten bis zu ihrem Verzehr. Ich bräuchte nur hineinzubeißen in irgendetwas davon, um zu spüren und zu erleben, was es heißt, Geschmack, wirklichen Geschmack, in seiner ganzen Vielfalt zu empfinden.

Sauer, süß und salzig hat er dazu gesagt. Drei Begriffe, die mir fremd sind, deren Bedeutung ich nicht kenne. Nur bitter, was bitter bedeutet, das weiß ich, das kenne ich von den Wurzeln und Pilzen. Wie gerne würde ich jetzt und hier schmecken, was Großvater mir beschrieben hat mit diesem seltsamen Glanz in seinen Augen.

Aber wer weiß, selbst wenn dieser Kühlschrank voll gefüllt wäre mit all den Dingen, die mein Freund liebte, wer weiß, ob ich den Mut aufbringen würde, davon zu kosten.

„Großvater?“

„Ja, Junge?“

„Was sind Lebensmittel genau?“

„Nun, wie es der Begriff schon erahnen lässt: Das sind die Dinge, die wir Menschen benötigen, um zu leben.“

Ich nickte wissend. Endlich etwas, das ich auf Anhieb verstand.

„Wurzeln und Wasser also. Wozu dann aber dieser

seltsame Kühlschrank, den du mir eben beschrieben hast?"

„Ach Junge. Wie sollst du es auch anders wissen? Im Prinzip hast du ja recht mit deiner Frage."

So fing er gerne an bei seinen Antworten, mit diesem *Ach Junge. Wie sollst du es auch anders wissen? Im Prinzip hast du ja recht.*

„Aber in dem Leben, das wir Menschen früher führten, und als zumindest dort, wo ich lebte, alles noch gut zu sein schien, da bedeutete der Begriff ‚Lebensmittel' viel mehr als nur das Nötigste!"

„Was denn?"

„Nun ja, das, was wir Menschen aßen, das waren Dinge, die gut schmeckten."

„Was genau bedeutet denn ‚gut schmecken'?"

„Ach Junge … Wie soll ich dir das nur wieder beschreiben? Wie soll ich dir Wurzelfresser den Geschmack und Geruch frisch gebackenen Brotes erklären? Du weißt ja nicht einmal mit dem Begriff ‚Brot' etwas anzufangen. Oder wie soll ich dir Unterweltler begreiflich machen, was es bedeutet, eine richtig schöne warme Mahlzeit zu sich zu nehmen. Fleisch zum Beispiel, das …"

Er meinte es übrigens nicht beleidigend oder abwertend, wenn er mich „Wurzelfresser" oder „Unterweltler" schimpfte. Schließlich war er ja selbst ein solcher geworden. Doch einen kleinen Stich versetzten mir diese Titulierungen schon immer wieder, bedeuteten sie doch irgendwie, dass uns, Großvater und mich, viel mehr trennte, als ich wahrhaben wollte.

„Fleisch? Du meinst das, was die Kleine im Verborgenen jagt und frisst? Das, wonach sie manchmal so seltsam aus dem Maul riecht?"

„Nun, das ist sehr vereinfacht dargestellt. So simpel ist es auch wieder nicht. Sieh mal: Es gibt, nein, es gab unendlich viele unterschiedliche Fleischsorten. Von den verschiedensten Tieren. Aber nur die wenigsten davon hat der Mensch gegessen. Meist auch nicht roh, im Gegensatz zu unserer Kleinen.

Ein Steak beispielsweise, saftig und zart, von einem gesund und natürlich aufgewachsenen Rind, medium gebraten, dazu gedünstete Bohnen, frisch geschmorte Zwiebeln, Rosmarinkartoffeln und ein schöner Rotwein als Getränk dazu … ein Genuss! Das Paradies auf Erden, Junge, das Paradies auf Erden. Oder ein Wiener Schnitzel, Bratwurst, Tafelspitz, Schweinebraten – ach …"

Ich hatte keine Ahnung, wovon er sprach und konnte mir beim besten Willen nicht vorstellen, was er überhaupt meinte mit diesen Begriffen.

„… oder das eben erwähnte frisch gebackene Brot mit Butter, ein einfacher Gemüseeintopf, Nudeln mit Salbei und frisch geriebenem, lange gereiftem Parmesankäse …"

„Ist das alles Fleisch?", intervenierte ich, nur um irgendetwas zu fragen und ihn damit aus seinen Schwärmereien zurückzuholen, was auch gelang.

„Natürlich nicht, Junge. Mein Gott, wie soll ich dir begreiflich machen, was es alles zu essen und zu trinken gab, da du nichts kennst außer Wurzeln,

Pilzen und Wasser? Ich würde dir so gerne all das zeigen und zu kosten geben, aber ich kann nicht! Dabei war gutes Essen meine große Leidenschaft neben der Literatur, der Musik und … Erst recht, seitdem ich in diesem vermaledeiten Rollstuhl sitze. Und was von alldem ist mir geblieben? Nur ein paar Bücher, die ich mittlerweile zu hassen beginne, so oft musste ich sie schon lesen, hier, in diesem ewigen Zwielicht. Musik, die nur noch in meinem Kopf herumspukt und sich langsam, aber sicher aufzulösen beginnt, und Wurzeln, jämmerliche, bittere Wurzeln, die längst jegliches Geschmacksempfinden, das jemals an meinem Gaumen und auf meiner Zunge vorhanden gewesen sein mag, verdrängt haben. Das ist alles, was mir geblieben ist, alles."

Er lachte bitte auf. „Ach ja, und der Rollstuhl! Der blieb mir auch hier unten treu!"

„Aber Großvater – was ist mit mir und der Kleinen? Du hast doch uns!" Ich war entsetzt ob des hoffnungslosen Klangs seiner Stimme, und geradezu panische Angst machte sich in meinem Bauch breit. Bedeuteten wir, seine beiden Begleiter, ihm letztendlich nicht das, was er all die Jahre vorgegeben hatte? Waren wir ihm weniger wert als dieses Essen, das er eben beschrieben hatte? Würde er uns gar eintauschen gegen ein Stück Fleisch oder Brot, wenn sich ihm die Gelegenheit bieten würde?

Eine Welt drohte in mir, über mir einzustürzen und alles unter sich zu begraben. Und es gelang mir kaum, meine Tränen zurückzuhalten.

„Ach Junge!" Großvater zog mich an sich heran und nahm mich in seine Arme. „Ach Junge! Gäbe es dich und die Kleine nicht, ich würde längst nicht mehr existieren. Ihr seid mein Glück hier in dieser Welt und meine Rettung. Aber dennoch werdet ihr mir niemals ersetzen können, was ich mit meinem Leben jenseits der Dunkelheit und Enge verloren habe. Wenn ich dir nur begreiflich machen könnte, was ich wirklich verloren habe, dann wüsstest du, dass niemand, nicht einmal ihr zwei, in der Lage sein könnt, dies alles zu kompensieren."

Die kühle Luft aus dem Kühlschrank lässt mich erschaudern. Oder ist es vielmehr die Erinnerung an jenes Gespräch, die mich frösteln lässt? Ich schließe die Türe zu dem kleinen weißen, leeren Schrank wieder, denn ich verspüre unstillbare Neugier auf das, was mich in dem Haus noch erwarten mag. Geistiger, seelischer Hunger, aber keinerlei physisches Hungergefühl. Und so verlasse ich die Küche wieder, doch nicht ohne mir fest vorzunehmen, später nochmals zurückzukehren.

Das Bad, diesen kleinen weiß gekachelten Raum, hat Großvater mir als Ort des Wohlbehagens geschildert. Er hat geschwärmt davon, nackt in der sogenannten Badewanne zu liegen, umgeben von warmem, duftendem Wasser. Und davon, in der Duschkabine zu stehen, diesem quadratischen, vom übrigen Zimmer abgetrennten gläsernen Kämmerchen, höher als breit, und sich von oben mit ebenfalls warmem Wasser abbrausen zu lassen, so lange man Lust daran empfindet. Schön wäre das, entspannend, reinigend und wohltuend. Soll ich es ausprobieren? Warum nicht? Wenn schon Großvater so sehr davon schwärmte?

Ich entledige mich meiner Kleidung, die aus nichts besteht als einem felsgrauen Overall aus derbem, rauem, überaus strapazierfähigem Material. Ein Overall übrigens, der sich der Form und Größe des Trägers anpasst, egal ob Kind oder Greis, Mann oder Frau. Wie praktisch im Grunde: Wir Unterweltler kennen und nutzen nichts als dieses eine Kleidungsstück. Unser ganzes Leben.

Ich entledige mich also dieses Overalls und stelle mich in die enge Kabine. Ziehe, wie von Großvater beschrieben, an dem silbernen Hebel – und schreie auf! Das Wasser, das da tatsächlich von oben auf mich einprasselt, ist kalt, eiskalt sogar! Mit einem schnellen Satz springe ich heraus aus dem Glaskasten. So habe ich mir das nun wahrlich nicht vorgestellt. Grässlich geradezu. Und ich befinde, dass dieses Bad sicherlich nicht zu einem meiner Lieblingsräume des Hauses werden wird.

Das Musikzimmer: Auf diesen Raum hatte ich mich während meiner Wanderung fast ebenso sehr gefreut wie auf die Bibliothek. Hatte ich doch erwartet, mich empfingen hier all die Lieder und Gesänge, die ich lediglich von einem Menschen kannte, der, wie er selbst sagte, nur unzureichend zu singen in der Lage war. Großvater und unzureichend? In irgendeiner Art und Weise? Für mich unvorstellbar.

Ein großer Sessel befindet sich in der Mitte des Raumes, daneben ein Tisch mit kleinen Regalen und einem schwarzen Kasten darauf. Ansonsten nichts. Keine Schränke, keine anderen Möbelstücke, keine Bilder; lediglich zwei schwarze Würfel an der Wand, etwas unterhalb der Zimmerdecke angebracht. Als würden ihre nicht vorhandenen Augen den Sessel – oder mich – fixieren, so scheint es mir, hängen sie da.

Die Enttäuschung ist groß, hier zu stehen und feststellen zu müssen, dass sich nichts, absolut nichts tut. Kein Laut, kein einziges Geräusch. Ich nehme auf dem Sessel Platz. Vielleicht ist das ja erforderlich, um die Musik hörbar zu machen, die in dem Zimmer aufbewahrt sein soll. Indes, nach wie vor erfüllt kein Ton den Raum – im Gegenteil. Es wirkt hier stiller als in allen anderen Bereichen des ganzen Hauses.

Dabei war ich doch so neugierig auf die Musik. Bereits als Großvater sie mir nahezubringen versuchte, mir Instrumente beschrieb, Rhythmen vorgab, sang, pfiff und trommelte, da wusste ich, dass ich all das einmal so hören mochte, so wie er es wohl in seinem Kopf vernahm.

Mir Musik zu erklären und sie für mich lebendig und hörbar zu machen, war Großvater schwergefallen. Viel schwerer, als mir alle anderen Arten der Kunst zu zeigen und zu erklären, davon bin ich überzeugt.

Genau genommen gelang ihm das mit der Musik am ehesten an den Tagen, da er von seinen Spezialpilzen gegessen hatte. Die Pilze, die er sorgsam bei sich aufbewahrte und die er hütete wie einen kostbaren Schatz, damit die Kleine oder ich ja nichts davon zu kosten bekämen.

Er aß sie heimlich, im Verborgenen – so glaubte er zumindest –, doch ich registrierte nahezu alles, was er tat. Er setzte dann einen verklärten Blick auf, als befände er sich gerade an einem weit entfernten Ort und begann zu brummen, zu summen und je nachdem, wie viele von den Pilzen er zu sich genommen hatte, auch zu singen. Es waren immer andere Lieder und Melodien, die er da mal leise und fast unhörbar anstimmte, oder deren Texte er laut grölend von sich gab. So laut, dass ich manchmal tatsächlich Angst hatte, Fremde könnten auf uns aufmerksam werden. Jedenfalls, gleichgültig, welche Lieder es waren, egal ob laut oder leise, ob gesummt oder gesungen, ich fand es wunderbar.

„Nein, mein Junge. Das, was du da hörst, das ist nicht wunderbar, glaub mir. Das ist nichts als ein jämmerlicher Abklatsch dessen, was Musik wirklich ist. Musik, das ist … das ist …“

Und jedes Mal, wenn er sich, in diesen seltsamen Zustand versunken, anschickte, mir Musik oder irgendetwas anderes zu erklären, endete der Versuch in Tränen und schließlich in lautem Schnarchen, in das die Kleine regelmäßig mit einfiel.

Ich sitze auf diesem Sessel, frustriert und zutiefst enttäuscht, weil ich die erwarteten Klänge nicht zu hören bekomme, und habe das Bild des verzweifelt nach einer Erklärung für Musik suchenden Großvaters vor mir. Da fällt mein Blick auf die kleinen Regale. Sie sind gefüllt mit Plastikschachteln, eine jede von ihnen fünfzehn mal zwölf mal einen Zentimeter groß. Ich nehme eine davon heraus und spiele ein wenig damit herum, bis sie sich auf einmal wie von selbst öffnet. Eine silberne Scheibe fällt mir entgegen, glänzend und in einer mir fremden Sprache beschriftet.

Ich nehme die Scheibe und halte sie gegen das Licht, in dem sich die Reflexion in allen Spektralfarben bricht. Das muss wohl eine dieser CDs sein, von denen Großvater gesprochen hatte.

Und kaum habe ich diesen Gedanken zu Ende gedacht, bin ich mir sicher, dass er in seinem Notizbuch – wo sonst? – aufgezeichnet und beschrieben haben muss, wie zu verfahren ist, um die auf dieser Scheibe festgehaltene Musik hörbar zu machen. Fieberhaft blättere ich zwischen den eng und in der mir so vertrauten Schrift beschriebenen und von Zeichnungen durchsetzten Seiten hin und her, bis ich endlich eine Skizze entdecke, die dem Equipment gleicht, das sich neben mir befindet. Und tatsächlich: Der schwarze Kasten ist das Medium, das ich benötige, so steht es hier geschrieben.

Punkt für Punkt folge ich nun der exakten Anleitung und drücke Knöpfe, bis kleine bunte Lichter in dem schwarzen Kasten aufleuchten. Eine Schublade öffnet sich, in die ich die Scheibe legen soll. Das Fach schließt sich wieder, es vergehen ein paar Sekunden und siehe da: Auf einmal ertönen Klänge aus den schwarzen Würfeln über mir, und auf einem Display an der Frontseite des Kastens steht in leuchtend grüner Schrift „Track 4".

Nachdem die Klänge in mir nachwirkend verhallt sind, nehme ich eine andere dieser bunten Hüllen aus dem Regal, und noch eine, und noch eine. Es sind unzählige dieser CDs, vielleicht noch mehr als Bücher in der Bibliothek, ich vermag es nicht einzuschätzen. Und auf jeder dieser Scheiben sind, das besagt zumindest die Beschriftung, mindestens zehn Musiktitel festgehalten. Sie alle anzuhören, sie alle in mich aufzunehmen, würde nicht nur Tage, sondern bestimmt Wochen, möglicherweise sogar Monate dauern.

Ein Anflug von Panik überfällt mich, als diese Erkenntnis in mir reift. Wenn ich schon so viel Zeit benötige, die Musik auch nur ein einziges Mal anzuhören, wie sollte ich erkennen, was davon mir gefiele und was nicht? Und das betrifft ja nicht allein die Musik, sondern schlichtweg alles, was ich bisher hier wahrgenommen habe, auf der Oberfläche der Erde, aufgetaucht aus den dumpfen Tiefen, in die wir Menschen verbannt sind.

Natürlich, bisher findet alles, was ich entdecke, mein Gefallen, doch ist das ein Wunder nach einem Leben in Dunkelheit? Und da ist noch so viel Unbekanntes, das auf mich wartet, da draußen in der neuen Welt. Nichts davon habe ich je selbst gespürt, erfahren und erlebt, und ich muss erst die Einzelheiten einzuschätzen lernen, um meinen Geschmack zu entwickeln.

Es war Großvaters beständigstes Credo: „Dir muss nicht gefallen, was mir gefällt, und erst recht nicht, was andere mögen, Junge. Das ist die Freiheit des menschlichen Geistes: Selbst Entscheidungen zu treffen. Einen eigenen, von anderen Meinungen und Ansichten unabhängigen Geschmack zu entwickeln, und durchaus auch einmal subjektive Empfindungen über objektive Qualitätsmerkmale zu erheben. Das ist einzigartig an uns Menschen, und genau das ist es, was ich ‚menschlich' nenne."

Ach, wie liebte er manchmal pathetische Sätze wie diesen eben zitierten. Und wie liebte ich es, erst unbewusst, später zunehmend gezielt und mit Absicht, ihnen mit Banalitäten ihre Wucht zu rauben.

„Mir gefällt ganz bestimmt das, was du am liebsten magst, am allerbesten!"

„Ach Junge!", er seufzte tief. „Diese Entscheidung würdest du vielleicht, ich betone *vielleicht* treffen können, wenn du wirklich wüsstest, wovon ich hier spreche. Aber von was auch immer ich dir erzähle und vorschwärme, es klingt so nichtssagend, so belanglos und beliebig, dass du den Wert, der darin liegt, nicht im Geringsten einzuschätzen vermagst. Und wie solltest du demnach beurteilen können, was dir gefällt und was nicht?"

Am Ende dieses Gespräches erkannte ich Tränen in den Augen des alten Mannes, doch den Grund dafür verstand ich nicht. Natürlich verstand ich ihn nicht, wusste ich damals ja noch nicht zu ermessen, was er meinte. Heute, nachdem ich zumindest im Ansatz zu erkennen glaube, welch unermessliche Vielfalt wahres Leben bedeutet, vermag ich zu erahnen, was der Auslöser seiner Tränen gewesen war.

Zurück in der Bibliothek, nach meinem Rundgang durch die anderen Zimmer des Hauses, wende ich mein Augenmerk auf eine Reihe von Büchern, die sich in Form und Gestalt von den übrigen abheben. Auf den Rücken steht, in Großvaters markanter Handschrift, so viel erkenne ich schon von Weitem, „Die Familie". Jeweils durch Jahreszahlen dahinter ergänzt.

Mir ist nicht wohl dabei, einen Blick in diese Bücher zu werfen; schließlich deuten allein die handgeschriebenen Titel irgendwie auf sehr privaten, sehr intimen Inhalt hin. Und dennoch ist der Drang, ausgerechnet diese Bücher näher zu betrachten, geradezu unbezwingbar. Bis es mich förmlich überrollt und ich in die Bilder eines anderen Lebens, eines anderen Seins ein- und darin untertauche.

Es ist eine ganze Fülle von Bildern, die sich da vor mir auftut. Fotografien von Menschen, die sich ganz offensichtlich sehr nahestehen. Zunächst ein junger Mann und eine junge Frau, wie sie inniger miteinander und lebendiger nebeneinander nicht sein könnten.

Die beiden werden mit jedem Band der Buchreihe älter, sind auf einmal nicht mehr allein, sondern halten stolz ein zunächst offenbar neugeborenes Kind in die Kamera. Ein Kind, das mit den Fotos heranwächst, so wie sie selbst auch älter werden. Es sind Aufnahmen der unterschiedlichsten Art, an den verschiedensten Orten entstanden, doch eines ist ihnen allen gemeinsam: Es ist gleichgültig, wo sich die kleine Familie befindet, unerheblich, was sie tut: Auf all den Fotografien wirken die Gesichter glücklich und voller Liebe zueinander. Ja, das, was sie ausstrahlen, das muss Liebe sein.

„Es gibt die unterschiedlichsten Arten von Liebe, mein Junge. Die unerschütterlichste und ehrlichste von allen ist sicherlich die einer Mutter zu ihren Kindern. Die reinste, unverdorbenste die von kleinen Kindern zu ihren Eltern. Die intensivste und gefühlvollste, weil körperlichste, aber ist die Liebe zwischen zwei erwachsenen Menschen, die sich gefunden haben und den Gleichklang ihrer Seelen entdecken."

„So wie wir?"

Großvater lächelte sein mildes, allwissendes Lächeln, und ich wusste: Ich hatte ihn wieder einmal nicht verstanden.

„Nein, mein Junge. Unsere Liebe ähnelt eher der einer Mutter zu ihren Kindern und der von Kindern zu ihrer Mutter. Die andere Liebe, die, die ich meine, ist voller Leidenschaft und Lust, voller Spannung und …“, er hielt inne und schüttelte resignierend den Kopf.

„Dir diese Art der Liebe zu beschreiben ist mir unmöglich. Du musst sie selbst erleben, genießen und, ja, auch erleiden, mein Junge, um sie wirklich zu begreifen.“

Dann legte er mir, wie er es ausschließlich in Momenten tat, da er sentimental wurde, die Hand auf meinen Kopf.

„Was gäbe ich darum, wenn auch du diese Empfindung jemals kennenlernen dürftest!“

„Du kennst diese Art der Liebe also?“

„Ja, ich kenne sie.“

„Und obwohl du sie kennst, vermagst du sie mir nicht zu beschreiben?“

„Nein, mein Junge, nein.“

Ich wusste, dass, wie manches Mal bei bestimmten Themen, ein Nachfragen zwecklos gewesen wäre. Und selbst das ansonsten allwissende Lexikon vermochte mir zu meiner großen, sehr großen Enttäuschung in diesem Fall nicht weiterzuhelfen, so intensiv ich auch darin blätterte und suchte.

Hier indes, in diesen Alben, vertieft in die Betrachtung der Bilder und ihrer Ausstrahlung, glaube ich, wieder einmal, zu erkennen, was Großvater damals gemeint haben mochte.

In den Blicken der Erwachsenen liegt etwas, das ich nicht zu greifen vermag, geschweige denn deuten könnte. Dieses nicht Greifbare erweckt ein seltsames Gefühl in mir, ein Gefühl, das ich bis dato nur beim Anblick eines einzigen Bildes und auch bei diesem nicht mehr als ansatzweise empfunden habe.

Eine Zeitreise ist es, die ich unternehme, während ich zwischen den Alben hin und her blättere. Eine Zeitreise aus Bildern, ohne Worte, derer es auch nicht bedarf. Zu eindeutig, zu klar ist selbst mir die Botschaft, die aus jeder einzelnen dieser Fotografien hervorgeht.

Ich habe mittlerweile alle fünf Bücher parallel zueinander aufgeschlagen. Vor mir liegen die Aufnahmen einer zunächst jungen, dann älter werdenden, doch stets glücklich wirkenden Familie. Anfangs eine quirlige junge Frau, fast noch ein Mädchen möchte ich meinen, und ein vor Kraft strotzender junger Bursche, die sich offenbar sehr lieben. Später sind es Fotos einer schönen erwachsenen Frau und eines starken Mannes, der sogar durch die Bilder ein Gefühl von Sicherheit und Geborgenheit vermittelt. Und zwischen ihnen ein Junge, ihr Junge wohl, im Laufe der Jahre.

Irgendwann, bäuchlings auf dem Boden liegend und zwischen all den Fotografien hin und herblätternd, erkenne ich das Gesicht des Jungen.

Anfangs war ich mir nicht sicher gewesen, um wen es sich handeln mochte. Sicher, von Beginn an kam er mir seltsam bekannt vor. Und doch war ich bis eben voller Zweifel. Jetzt aber habe ich Gewissheit. Ein Bild, ein einzelnes Foto genügte: Er ist es,

Großvater. Die Frau, der Mann – sie sind für ihn vermutlich das, was ich nie hatte: seine Eltern.

Bilder aus einer anderen Zeit, aus einem anderen Leben. Der Junge wächst heran, aus einem Kind wird ein Jugendlicher und später ein junger Mann. Seine Eltern reifen, im wahrsten Sinne des Wortes, und scheinen glücklich selbst mit den grau werdenden Haaren, den zunehmenden Falten der Frau und der wachsenden Leibesfülle des Mannes. Alle wirken sie glücklich und zufrieden, bis, ja, bis …

Und dazwischen, in allen Alben immer wieder auftauchend: Hunde. Hunde, so wie die Kleine, als wären sie alle exakte Kopien von ihr.

Und dann, im letzten der Alben, taucht auf einmal ein neues Gesicht auf. Eine junge Frau, die lachend neben Großvater steht. Ich kenne diese Frau, erkenne ihr Gesicht auf Anhieb, denn ich habe sie schon einmal gesehen, auch auf einer Fotografie – doch auf einer ganz anderen Art von Foto.

Ich blättere weiter, auf die nächste Seite, in der Hoffnung, eine zweite Abbildung der jungen Frau zu finden, möglicherweise sogar die Aufnahme, welche ich bereits kenne. Doch da ist nur noch ein letztes Bild, das die Buchreihe beendet: Das Foto eines leeren Rollstuhls.

Was ist geschehen? Warum enden die Bilder und damit die Buchreihe an dieser Stelle, so, als wäre damit das Leben vorbei? Und warum lassen die vielen leeren Seiten in diesem finalen Album so viele Fragen in mir zurück?

Die auf der einen Fotografie abgebildete junge Frau kenne ich, wie gesagt. Wobei – was heißt schon kennen? Zumindest das Bild von ihr habe ich bereits während meiner Zeit mit Großvater gesehen. Es war aus den Seiten seines allgegenwärtigen und allwissenden Notizbuches herausgerutscht. Ob von Großvater bewusst provoziert oder versehentlich? Ich weiß es nicht. Jedenfalls bückte ich mich danach und hob es auf.

Als ich nach vielen Nächten, da ich dieses Bild im verborgenen Halbdunkel unserer Schlafplätze ausgiebig studiert und die merkwürdigen, mir bis dahin vollkommen fremden und befremdlichen Reaktionen in meinem Kopf und vor allem die meines Körpers zunächst irritiert, dann besorgt, letztendlich aber neugierig und fasziniert verfolgt hatte, wagte ich es, Großvater auf die Fotografie anzusprechen.

„Wer ist denn die Frau hier?“, fragte ich ihn, darum bemüht, meine Stimme bewusst neutral klingen zu lassen, während ich ihm das Bild vor die Nase hielt.

„Woher hast du das Foto?“, fragte er zurück, meine Frage ignorierend, mit fast drohendem Unterton. Ich erschrak. Was hatte ich denn angestellt? Ich hatte nicht danach gesucht. Und selbst wenn, dann …

„Es ist vor ein paar Tagen aus dem Buch gefallen.“

„Aus meinem Notizbuch?“ Er runzelte die Stirn und sah mich mit forschenden, undurchdringlichen

Augen an – ein weiteres schlechtes Zeichen. Ich nickte stumm, fühlte mich schuldig, irgendwie. „Na gut“, war alles, was folgte. Er nahm das Bild, warf einen kurzen Blick darauf, einen ganz kurzen Blick, knickte es in der Mitte, was mir einen Stich ins Herz versetzte, und schob es in seine Overall-Tasche.

„Aber …“, setzte ich an, all meinen Mut zusammennehmend, doch ein wie ein Knurren hervorgestoßenes, barsches „Was aber?“ brachte mich sogleich wieder zum Schweigen.

Das Foto bekam ich nicht wieder zu sehen, und dennoch: Ich habe es bis heute nicht vergessen können.

Es ist die Schwarz-Weiß-Fotografie einer jungen Frau. Sie kniet mit dem rechten Bein auf einem hellgrauen Quader, vollkommen nackt. Ihre Scham ist lediglich durch den Schatten des angewinkelten Beines verdeckt. Einen Arm hält sie in ihre Taille gestützt, den anderen hat sie auf das linke Knie gelegt. Ihr Oberkörper ist leicht nach hinten gebeugt, der Kopf zeigt in die gleiche Richtung, als würde sie jemandem oder etwas nachsehen. Dabei scheint ihr Blick, obwohl die Augen nicht wirklich erkennbar sind, ein wenig gelangweilt, so, als dauerte ihr alles, was um sie geschieht, zu lange. Oder hat sie die Augen geschlossen? Ich weiß es nicht mehr. Ihre hellen, wohl blonden Haare hat sie streng nach hinten zu einem Pferdeschwanz gebunden, die Ohren liegen frei, wie der ganze Körper – eben mit Ausnahme ihrer Scham. Die Brüste wirken fest und rund, die Brustwarzen sind nichts als kleine dunkle Punkte.

Sie ist schlank, aber nicht mager. Die Rippen bilden leichte Schatten auf der glatten Haut. Der Bauch ist flach, wirkt weich und warm, und der Nabel, über dem ein kleines Muttermal die einzige aus der Perspektive des Fotografen sichtbare Unebenheit darstellt, bildet den perfekten Mittelpunkt eines perfekten Frauenkörpers.

Wobei – was habe ich schon für eine Ahnung von Frauenkörpern? Es ist der erste und einzige, den ich bisher nackt zu sehen bekam in meinem Leben. Und berühren, ja, berühren konnte ich bislang nur die kalte Oberfläche eben jener Fotografie, die ich hier zu beschreiben versuche. Bis Großvater sie mir abnahm, ohne je wieder auch nur ansatzweise ein Wort über das Bild, geschweige denn die darauf abgelichtete Frau zu verlieren.

Hier und heute, in diesen Büchern, diesen Alben voller persönlicher Momente, finde ich sie wieder, diese junge Frau. Erneut auf einem einzigen Bild, am Ende eines für mich geradezu epochalen Bilderreigens. Nicht nackt, und nicht so streng und unwirklich. Lebendig, fröhlich, glücklich scheint sie, den Kopf an den Arm des jungen Mannes gelehnt. Irgendwie fast eine Kopie der ersten Bilder dieses Zyklus', nur aus einer ganz offensichtlich anderen Zeit.

Der junge Mann neben ihr ist Großvater, unverkennbar. Und die Frau? Ist sie seine Frau? Ja, so wird es wohl sein – doch was ist geschehen? Mit ihm? Mit ihr? Mit ihnen beiden? Und wann?

Das letzte Foto der Alben lässt mich erneut erschaudern: Es ist ganz offensichtlich sein Rollstuhl, neu und leer, und auf seinen Insassen, also auf ihn, auf Großvater, wartend.

Vor der Tür dieses Hauses.

Gestern

Feucht und warm fühlt es sich an. Zuerst an meiner rechten Hand, dann den Arm hinauf, am Hals, im Gesicht. Wohlig, angenehm, zärtlich.

„Kleine? Bist du das?“

Ich öffne die Augen – und erkenne nur noch einen sich behände von mir entfernenden Schatten, der kurz im Dunkel des Flurs innehält, so, als würde er zögern.

Wer oder was war das? Sollte ich etwa nicht allein in dem Haus sein? Ich blicke mich in der Dunkelheit um. Auf dem Boden neben mir liegen noch immer die fünf Alben aufgeschlagen, voller Fotografien und Rätsel.

Ich wende meinen Blick ab von den Bildern und kehre mit meinen Gedanken zurück in die Gegenwart. Was war es, das mich soeben aus dem Schlaf geweckt hat, dieses Weiche, Warme, so Lebendige an meinem Körper? Ich habe den Schatten durch die Tür davonhuschen sehen. Fast geräuschlos, abgesehen von dem Klacken der Krallen. So, wie die Kleine sich immer bewegt hat. Aber kann das sein? Ich dachte stets, sie wäre etwas Einmaliges, etwas, das es nur für uns gab, für Großvater und mich. Doch jetzt? Zuerst die Fotos, nun die Berührungen …

Anstatt noch länger zu zögern, zu grübeln und zu überlegen, folge ich leise dem Schatten. Die verräterisch vertrauten Laufgeräusche krallenbewehrter Füße und das trippelnde „Klack-klack-klack“ führen hinunter in den Keller, den Teil des Hauses, den ich als einzigen bisher noch nicht inspiziert habe. Kein Wunder: Ich habe genug von dem Leben unter der Erde, als dass ich auf diesen muffig-feuchten Geruch noch gesteigerten Wert legen würde, und seien es nur die wenigen Quadratmeter eines Kellergeschosses.

Die Laufgeräusche klingen lange nach, und so habe ich den Raum schnell gefunden, hinter dessen halb geöffneter Tür die Geräusche abrupt enden. Es ist nicht mehr als eine Kammer, in der nur ein großer, schwerer alter Schrank steht. Fast die gesamte Grundfläche nimmt das Möbelstück ein, so groß ist es – und zugleich so klein das Zimmer. Ich sehe mich um. Wo ist das Wesen, dem ich hierher gefolgt bin? – Da! Unter dem Schrank!

Große schwarze Augen blicken mir entgegen, noch viel schwärzer als das Schwarz der Umgebung. Und irgendetwas hinter diesen Augen gibt ein dumpfes, bedrohliches und doch zugleich mein Herz anrührendes Grummeln von sich.

Ich habe keine Angst, erinnern mich dieses Verhalten und diese Geräusche doch nur allzu gut an meine ersten engeren Kontakte mit der Kleinen.

Unsere gemeinsame Anfangszeit: Wenn Großvater bei uns war, schien zwischen uns alles seine Ordnung zu haben und geklärt zu sein. Wir beachteten uns nicht wirklich, die Kleine und ich. Ein jeder von uns hatte seinen Platz an Großvaters Seite, wir beide bekamen die Zuwendung, die wir brauchten und suchten, und alles war gut. Nur wenn er sich von uns entfernte – meistens in Stunden, da er glaubte, wir beide schliefen tief und fest – dann erwachte Misstrauen in der Kleinen, und in mir die Sehnsucht, ihr so nah zu sein wie Großvater. Sie indes zog sich, kaum war ihr großer Beschützer außer Sicht, aus meiner Reichweite zurück, so weit es ihr auf dem zugewiesenen Platz möglich war. Machte ich auch nur die geringste Bewegung in ihre Richtung, gab sie ein leises Knurren von sich, nein, eher ein Brummen. Nicht bedrohlich, aber deutlich genug, um mir zu zeigen, dass ich einer Grenze nahe kam, die preiszugeben sie nicht bereit war.

Eines Nachts – ich nenne den Zeitraum des Schlafens der Einfachheit halber so, wie Großvater diese Stunden immer benannt hat – nahm ich all meinen Mut zusammen. Ich streckte meine Hand in Richtung der Augen aus, die mich unablässig fixierten. Ganz langsam bewegten sich meine Hände vorwärts, das Grummeln, das die Kleine von sich gab, als sie meine Annäherungsversuche bemerkte, wurde lauter, aber nicht wirklich bedrohlicher. Als ich innehielt, spürte ich die pulsierende Lebendigkeit, die von dem Körper des kleinen Lebewesens ausging, das nur noch eine gute Handbreit von mir entfernt vor mir lag.

Dann zog ich mich wieder zurück, denn ich merkte, dass ich nicht zu weit gehen durfte, wollte ich nicht zerstören, was noch nicht einmal begonnen hatte.

Ein Gefühl der Vorfreude regte sich in mir, als ich spürte, dass da etwas auf mich wartete, ja, irgendwie auf mich wartete. Ich wiederholte meine Vorgehensweise Nacht für Nacht, sofern wir allein waren. Untertags indes machte ich keine Anstalten, den Kontakt zu der Kleinen herzustellen, und sie tat ohnehin nichts dergleichen.

In der fünften Nacht hatte ich eine Idee. Das Lexikon! Es dauerte eine Weile, bis ich gefunden hatte, wonach ich suchte, da das Nachschlagewerk damals noch viele, an die Tausend Seiten dick war. Ja, ich hatte noch eine Menge zu lernen in jenen Zeiten.

Das war, zugegebenermaßen, nicht immer einfach. Denn die Seiten waren eng beschrieben, und das Licht, je nachdem, wo wir unser Quartier aufschlugen, unterschiedlich hell. Manchmal leuchtete die Wand so stark, dass ich mühelos lesen konnte – was allerdings wiederum das Einschlafen erschwerte. An anderen Tagen war es nur ein schwaches Schimmern, das aus dem Fels hervortrat, sodass ich Mühe hatte, die Buchstaben und Worte zu entziffern. Und je weiter wir nach oben kamen, desto seltener wurden die Gänge und Nischen und Hallen und Räume, in denen wirklich ausreichende Beleuchtung herrschte.

Manchmal durfte ich Großvaters Taschenlampe benutzen, die er für Notfälle mit sich trug. Mittels kräftigem Schütteln der Lampe erzeugte man Energie, die ausreichte, für ein paar Minuten Licht zum entspannten Lesen zu generieren. Leider durfte ich sie nicht häufig zu Hilfe nehmen, jedenfalls nicht so oft, wie ich es mir gewünscht hätte, denn Großvater meinte, wir müssten darauf achten, dass sie uns erhalten bliebe, diese Lampe, falls wir in Bereiche kämen, da das Licht der Felsen komplett erloschen wäre. Außerdem, auch das erschwerte das Lesen, war ich nie geduldig genug, die Lampe so lange zu schütteln, als dass die Energie für ein ganzes Kapitel gereicht hätte. Höchstens für ein kurzes, und derer gab es nur wenige im Lexikon. So wie auch dieses Mal.

„Der Hund: Familie innerhalb der Familie der Hundeartigen“ stand dort. Danach folgte ein langer Text, den ich verschlang, wie alle anderen Artikel des Lexikons zuvor. Viel Interessantes erfuhr ich, wie immer. Aber das, wonach ich eigentlich suchte, nämlich nach Ratschlägen, wie man sich als Mensch einem Hund gegenüber am besten verhalten sollte, wie man sein Vertrauen gewinnt und sein Freund wird, das stand da nirgends geschrieben.

Zunächst war ich enttäuscht, doch dann verstand ich: Für den Umgang mit einem so menschbezogenen Lebewesen wie dem Hund gibt es keine Standardregeln, deren Beachtung zu Erfolgen führt.

Und auf einmal, es war die neunte Nacht, während der Großvater nicht bei uns weilte, war es tatsächlich so weit. Etwas Warmes, unheimlich Weiches und Geborgenheit Vermittelndes lag neben mir, als ich erwachte. Ganz unverhofft, ohne jegliche Vorankündigung.

Es fühlte sich so schön an, so existent, so voller Leben und wahrhaftig. Dann hob die Kleine den

Kopf: Die schwarzen Augen blickten mich voller Vertrauen an und die Ohren mit ihren Haarbüscheln an den Spitzen zitterten ein wenig. Die Nase zuckte, aber nicht aus Angst oder Misstrauen, sondern vielmehr um, so schien es mir zumindest, aus der Nähe zu ergründen, was und wer ich bei genauer Betrachtung sein mochte. Es war einzig ihre Entscheidung gewesen, sich mir zu nähern, sich zu mir zu legen und auf ihre ganz eigene Art und Weise mit mir Kontakt aufzunehmen. Die Kleine war in dieser Nacht bereit, mich an sich heranzulassen, und diese Entscheidung erfüllte mich mit Stolz.

Klein war sie tatsächlich, die Kleine, aber dabei kräftig und kompakt gebaut. Als sie bemerkte, dass ich meine Augen geöffnet hatte, stand sie auf und dehnte sich, zunächst über die Vorderbeine, die sie in meine Richtung streckte. Die etwas stumpfe, bärtige Schnauze fast am Boden und das kräftige Hinterteil mit dem halb eingerollten, mit langen Zotteln behaarten Schwanz steil in die Luft reckend. Der eigentlich kurze Hals wurde lang und länger, die Ohren richteten sich auf, wie an unsichtbaren Fäden emporgezogen, und das Maul öffnete sich zu einem mächtigen Gähnen. Eine Reihe spitzer, aber keineswegs bedrohlich wirkender Zähne kam zum Vorschein und ihre Zunge, lang und rosa. Ohne es anzukündigen, fuhr mir diese Zunge im nächsten Moment über Hand, Arm und letztlich quer über mein Gesicht.

Genau diese Geste vermittelte mir damals das Gefühl der Geborgenheit, das ich soeben empfand, als ich erwachte und in nichts als schwarze Augen blickte.

Dann, um bei meiner ersten Begegnung mit der Kleinen zu bleiben, streckte sie die Hinterläufe in die Luft, erst den rechten, dann den linken, machte einen Buckel und setzte sich auf ihr Hinterteil, mich nach wie vor unablässig und aufmerksam taxierend. Ich tat es ihr nach, streckte und reckte mich auf meinem Schlafplatz, und als auch ich saß, ließ ich meine Hand wie selbstverständlich durch das kurze, struppige und doch seidenweiche Fell an der Brust des Tieres gleiten. Die Kleine ließ es tatsächlich geschehen, wich nicht zurück und zeigte nicht das geringste Zeichen einer Abwehrhaltung.

Ich spürte das Brustbein durch das Fell hindurch, und einen daraus hervorstehenden Knochen, der, obwohl ich über keinerlei anatomische Kenntnisse in Bezug auf Hunde verfügte, und ich die Kleine noch nie zuvor hatte berühren dürfen, ganz sicher nicht da hingehörte, wo er sich befand. Zumindest nicht in der Form. Meine Hand wanderte weiter über die Rippenbögen, und auch hier fühlte es sich so an, als wäre die Anordnung der Knochen willkürlich verschoben. Mitleid ergriff mich und zugleich die Sorge, dem Körper mit meinen Berührungen Schmerzen zuzufügen, denn das gesamte Skelett schien aus den Fugen. Selbst die Knochen an den dünnen, langen Beinen waren nicht gerade, sondern an etlichen Stellen versetzt, als wären sie nach einer Vielzahl von Brüchen falsch zusammengewachsen.

Großvater, inzwischen zurückgekehrt, beobachtete die Szene unserer Annäherung schweigend. Er wäre nicht Großvater gewesen, hätte er mein Ringen, meinen stummen Kampf um die richtigen Formulierungen nicht bemerkt. War dies doch wieder einmal einer der Momente, da ich angefüllt war mit Fragen, die ich stellen wollte, nein, stellen musste, aber nicht stellen konnte. Denn es fehlten mir die Worte dafür, sie waren einfach nicht greifbar. Und was tat Großvater? Er wartete nicht darauf, dass ich meine Fragen artikulieren könnte, er beantwortete sie einfach.

„Ich fand sie, nein, sie fand mich, auf einer meiner ersten einsamen Wanderungen hier unten. Nie hätte ich sie bemerkt inmitten der Halde voller Müll, wie es sie damals noch hier unten gab. Wenn sie sich mir nicht genähert hätte, trotz ihres Zustands, wir hätten uns sicherlich niemals gefunden. Ich glaube, kein Knochen der Kleinen war heil, und obwohl sie furchtbare Schmerzen gehabt haben muss, kam sie schwanzwedelnd auf mich zu, halb auf drei Beinen humpelnd, halb auf dem Bauch kriechend, so, wie es in ihrem Zustand eben möglich war. Und nicht einmal der klappernde Rollstuhl schien sie davon abzuschrecken, sich mir zu nähern."

„Was ist mit ihr passiert? Wer hat ihr das angetan?" Tränen rannen über mein Gesicht, als Großvater mir die Geschichte ihrer ersten Begegnung erzählte. Tränen, die mir die Kleine, die während der ganzen Zeit friedlich neben mir saß und sich an der knochigen Brust streicheln ließ, behutsam mit ihrer weichen Zunge wegleckte.

„Genau weiß ich natürlich nicht, was vorgefallen ist. Ich war nicht dabei, wie du dir denken kannst. Und reden, reden kann sie ja leider nicht. Zumindest nicht in einer uns verständlichen Sprache, um zu erzählen, was ihr Schlimmes widerfahren sein mag."

Ja, sie konnte als Hund in der Tat nicht mit uns reden. Nicht so, wie wir, Großvater und ich, das konnten. Es war mir, warum auch immer, mit dem ersten Blick auf die Kleine bewusst, dass ich mit ihr, anders als mit Großvater, nicht in der uns Menschen üblichen Art und Weise würde kommunizieren können.

Weswegen mir das bewusst war? Ich hatte und habe keine Ahnung, was da in mir vorging, wusste ich doch noch nicht einmal, wie ich mich mit Großvater verständigen sollte. Ich war mir lediglich sicher, dass es funktionieren würde.

Stellte sich mir diese Frage überhaupt? Ich glaube nein, im Nachhinein betrachtet. Und tatsächlich: Die Kommunikation zwischen Großvater und mir war selbstverständlich und funktionierte reibungslos. Wie eben auch die Erkenntnis, vielmehr das Wissen einfach da war, dass dieser Weg des kommunikativen Austausches mit der Kleinen nicht gangbar wäre.

Ja, wie war das mit Großvater und mir eigentlich gewesen, als er mich das erste Mal direkt ansprach? Er sagte etwas zu mir, in einer Sprache, die ich eigentlich nicht verstehen konnte und schon gar nicht zu sprechen vermochte damals, und doch war so unmissverständlich klar, was jedes einzelne seiner Worte bedeutete. So klar, dass ich nicht einmal darüber nachdachte, was ich da tat, als ich verstand und in der gleichen Sprache Antworten gab.

Bei der Kleinen und mir war es anders. Indes: wir fanden unsere Möglichkeiten, natürlich, auch wenn wir uns, wie bereits erwähnt, niemals so blind verstanden wie sie und der alte Mann. Wir verstanden einander, aber dennoch, wieder und wieder, stellte ich mir vor, wie es wäre, wenn dieser kleine Hund der menschlichen Sprache mächtig wäre. Was würde sie sagen in bestimmten Momenten? Und wie würde ihre Stimme klingen?

Eigenartig: Ich fragte mich das und wusste doch sofort die dazu passenden Antworten: Obwohl sie ein so zurückhaltendes Wesen hatte, die Kleine, stellte ich sie mir sprechenderweise immer ein wenig frech und vorlaut vor. Mit einer leicht quengelnden, kleinkindlich-mädchenhaften Stimme und zudem ein wenig lispelnd. Doch wie seltsam: Jetzt, da ich diese Vorstellung äußere, wundere ich mich, woher die Assoziation wohl stammen mag. Woher weiß ich um die Stimme eines kleinen Mädchens? Um den Begriff des Lispelns? Kann es sein, dass wir, Großvater und ich, während einer unserer seltenen Begegnungen mit anderen Menschen auf genau so ein Kind getroffen waren? Möglich, ja, aber ist das wahrscheinlich? Ich bin geneigt, zu behaupten, dass eine solche Begegnung in meinem Bewusstsein haften geblieben wäre. Und dem ist definitiv nicht so!

Nein, je genauer ich darüber nachdenke, desto wahrscheinlicher kommt es mir vor, dass es sich um eine Art „Flashback" in die Zeit vor Großvater und der Kleinen handeln muss. Ja, wer weiß? Vielleicht ist es ein Aufblitzen verschwommener Bilder aus Zeiten, an die ich im Grunde gar keine Erinnerungen mehr habe.

Letztlich ist es gleichgültig, ich habe nun einmal diese bestimmte Vorstellung von der Stimme unserer Begleiterin: Nicht nur kleinkindlich, quengelnd und lispelnd würde ich sie erwarten, sondern auch in Großvaters Dialekt. Ja, natürlich, wie auch nicht? Es erscheint mir so logisch. Sie würde in seinem Dialekt zu mir reden, den er nur selten, für mich viel zu selten anwandte. Und zwar immer dann, wenn er auf weit zurückliegende Zeiten zu sprechen kam, und dabei von vergnüglichen Dingen sprach. Er verfiel dann in das in meinen Ohren so gemütlich und heimelig-geborgen klingende Bayrisch, das ich zuvor zwar noch nie gehört hatte, das mir aber immer das Gefühl vermittelte, zuhause zu sein.

Ja, so hörte ich die Kleine in meinem inneren Ohr: Ein bisschen frech und naseweis, ein bisschen bayrisch, wie kleine Mädchen früher, ganz früher, einmal gesprochen haben mögen dort, wo Großvater einstmals zuhause gewesen war.

Doch zurück zu Großvaters Mutmaßungen hinsichtlich dessen, was der Kleinen angetan worden war: „Ja, mit uns reden kann sie leider nicht, die Kleine", fuhr er fort. „Insofern kann ich nur spekulieren, weswegen sie in einem solch erbärmlichen Zustand war, als sie mich fand. Vermutlich war sie das Opfer einer jener Säuberungsaktionen, die hier in der Unterwelt durchgeführt worden sind im Laufe der ersten Jahre unserer Existenz in der neuen Welt. Es waren regelrechte Razzien und Hetzjagden, die in Genoziden mündeten. Veranstaltet von den Schergen der selbsternannten neuen Eliten, und während derer Menschen wie Tiere in unvorstellbarer Zahl eliminiert wurden, sofern sie nicht in das Konzept der Herrschenden passten. Ich hatte mich damals bereits abgesetzt und bin somit den Häschern entgangen. Aber sie, unsere Kleine, war eine von unzähligen hilflosen Kreaturen, die totgeprügelt und auf den Müllhalden entsorgt wurden. Es waren Menschen mit Behinderungen, Alte, Kranke, Schwache. Und Tiere, die von ihren Besitzern unerlaubterweise in diese neue Welt mitgebracht worden waren. Hunde und Katzen in erster Linie, aber auch weitaus exotischere Lebewesen wie Schlangen, Schildkröten oder Vögel. Sie kannten kein Pardon, diese Knechte des Grauens, sie erschlugen und zertraten, was auch immer ihnen vor Fäuste und Füße kam. Bei ihr, unserer Kleinen, hat es allerdings glücklicherweise nicht vollständig funktioniert mit dem Erschlagen, sie war anscheinend zu zäh."

„Und niemand hat etwas gegen diese furchtbaren Säuberungsaktionen unternommen? Es gab keinen Aufstand? Keine Gegenwehr?"

Großvater schüttelte den Kopf. Traurig, resigniert.

„Die Geschichte wiederholt sich, mein Junge. Die Varianten unterscheiden sich, doch im Grunde kommt alles in dem gleichen Maße wieder, wie es bereits einmal oder gar mehrmals gewesen ist. In den 30er und 40er Jahren des Zwanzigsten Jahrhunderts wurden die schrecklichsten Gräueltaten der neuzeitlichen Menschheit verübt, Krieg und Völkermord. Blind wütende Massen, Massaker, begangen an Menschen, die nicht in das perverse System passten. Kranke und Behinderte wurden einfach vernichtet, Minderheiten wie Juden, Sinti und Roma, neben vielen anderen, sowie alle Arten sogenannter Nichtarier, aber auch Andersdenkende und Andersgläubige wurden von verblendeten Fanatikern zu Tode gequält. Vor den Augen gleichgültiger und tatenloser Mitläufer."

Ich erinnere mich genau an diesen Abend. Und daran, dass ich stumm darum flehte, Großvater möge aufhören davon zu berichten. In solchen Momenten bereute ich oft, überhaupt eine Frage gestellt zu haben. Wusste ich doch, dass Großvater in aller Ausführlichkeit darauf antworten und mir nicht das geringste grausame Detail ersparen würde. Doch immer wieder, wenn mich aufgrund seiner Schilderungen das Entsetzen packte oder auch einfach die blanke Neugier, sprudelten solche Fragen geradezu aus mir heraus, ohne dass ich es zu verhindern vermochte.

Irgendwie schon merkwürdig: Es gelang mir ausgerechnet die Fragen zu stellen, von denen ich wusste, dass ich die Antworten nicht hören wollte. Immer. Für andere hingegen fehlten mir oft genug die Worte – oder der Mut.

Aber auch, wenn auf meine Fragen wieder einer seiner schier endlosen Monologe folgte, wie es auch jetzt zweifellos der Fall sein würde, schwieg ich in diesen Momenten, in dem Wissen, dass auch sein Verstummen mir gegenüber die Vergangenheit nicht ungeschehen gemacht hätte. Und in der Gewissheit, dass auch dieses finstere Kapitel der Menschheit ein Teil von Großvaters Vermächtnis war.

„Hunderttausende, nein, Millionen Unschuldiger wurden abgeschlachtet, auf den Straßen und in Vernichtungslagern, bestialisch und skrupellos, der menschlichen Rasse unwürdig. Aber nicht, dass du denkst, das hätte sich irgendwo ereignet. Nein, das geschah im Herzen der Zivilisation, mitten in Europa, in Deutschland, in einem angeblich kultivierten Staat, der sich damals ‚Drittes Reich' nannte. Angezettelt von einem wahnsinnigen Hassprediger, einem Irren im schlimmsten Sinne des Begriffs, ging die Welt damals in Flammen auf. Ein ganzer Kontinent, ja, der gesamte Planet wurde von diesem Monster und seinen Gleichgesinnten in einen grauenhaften Krieg gestürzt, und das nicht zum ersten Mal. Aber meinst du, es hätte genügend Menschen gegeben, die sich dagegen auflehnten, um zu verhindern was geschah? Die vielleicht sogar im Vorfeld sahen, was sich anbahnte, und versuchten es abzuwehren? Es gab wohl Widerstand, natürlich. Ja, es gab Mutige, die sich gegen das Übel stemmten und taten, was in ihrer Macht stand, doch sie waren zu wenige. Die Masse der Menschen ließ geschehen, was da vor sich ging, so wie bereits etliche Male zuvor, und so wie es später, zuletzt hier in dieser dunklen Welt, erneut der Fall sein sollte."

Als er, von seinen Emotionen entkräftet und erschöpft, in seinem Rollstuhl zusammensackte, da seufzte er auf: „Ach Junge, dem Menschen sind so viele Talente gegeben und Fähigkeiten, aber eines kann er ganz gewiss nicht: aus seinen eigenen Fehlern lernen."

Zorn ließ die kräftige Stimme erbeben, sobald Großvater auf jene Ereignisse zu sprechen kam, ungeachtet dessen, dass sie sich vor so langer Zeit und in einer völlig anderen Welt abgespielt hatten. Und seine Stimmung glich der an Tagen, da er vor schier unkontrollierbarer Wut fast zu bersten drohte. An solchen Tagen sprach er nahezu kein Wort mit mir, und ich lernte schnell, dass es für mich das Beste war, ihn nicht anzusprechen. Ja, ich war bemüht, mich so unauffällig wie möglich zu verhalten, um glimpflich durch diese Stunden kommen.

Schon mit dem Erwachen erkannte ich es, wenn ein solcher Tag bevorstand. Großvaters Blick war dann stechend, der Mund verkniffen, der Adamsapfel sprang förmlich aus dem mageren Hals hervor und der ganze Mensch wirkte, als wäre er über Nacht um Jahre gealtert.

Die Etappen, die wir an diesen Tagen zurücklegten, waren meist länger und anstrengender als normalerweise. Er nahm keine Rücksicht, weder auf mich noch auf die Kleine, die sich, wie ich, auffallend zurückhaltend gab. Und am allerwenigsten Pardon kannte er mit sich selbst und seinem geschundenen Körper.

Manchmal drängte sich mir der Verdacht auf, er suche an solchen Tagen gerade die Wege, die es ihm in seinem Rollstuhl besonders schwer machten. So, als wolle er sich selbst, und mit sich die Kleine und mich, bestrafen für das, was ihm einstmals widerfahren war.

Wenn er in diesen Stunden denn überhaupt sprach, waren es in der Regel Selbstgespräche, die er führte. Fauchend und zischend beschimpfte er sich selbst ob seines Versagens, so viel vermochte ich manchmal zu verstehen. Doch vieles ging in seinen Flüchen und dem Rattern des Rollstuhls unter.

Die Phasen, da der Zorn ihn im Griff hatte, wurden, so empfand ich es zumindest, häufiger im Laufe der Jahre, die ich mit ihm gemeinsam verbrachte. Wobei ich nicht davon ausgehe, dass ich in irgendeiner Form die Ursache dafür gewesen wäre, ich oder gar die Kleine. Ganz im Gegenteil: Vielleicht war es uns beiden zu verdanken, dass dieser Zustand bis zum Schluss die Ausnahme und nicht die Regel in Großvaters Gemütslage war.

Über den tatsächlichen Grund dieses Zorns, dieser maßlosen Wut auf sich selbst, vermag ich lediglich zu spekulieren. Waren es Erinnerungen, die ihn quälten? Schmerzen, die ihm sein Körper zufügte? Das Versagen seiner selbst und seiner ganzen Generation, das letztendlich zu dem Leben in Dunkelheit geführt hatte? Ich weiß nichts über die Auslöser dieser Stimmung, wie gesagt. Und selbst wenn ich es wüsste oder damals schon gewusst hätte: Wäre ich in der Lage gewesen, etwas daran zu ändern?

Ich litt an solchen Tagen mit ihm. Und vielleicht sogar noch mehr als Großvater selbst. Wusste oft nicht, wie ich mich verhalten sollte und wünschte mir nichts sehnlicher, als von ihm in den Arm genommen zu werden. Doch er ignorierte mich, behandelte mich, als wäre ich Luft, nein, schlimmer, als wäre ich nicht existent.

Trost bei der Kleinen zu suchen, wagte ich nicht. Zu groß war meine Angst, gerade dadurch in den Fokus von Großvaters unerbittlichem Zorn zu geraten. Und so blieb mir nichts, als schweigend, mich so klein und unauffällig wie irgend möglich machend, zu warten, auf dass der Tag vorüberginge.

Und abends in der Hoffnung einzuschlafen, ein besserer Morgen möge folgen.

Aber halt, nein! Dieser zornige alte Mann ist nicht der Mensch, den ich in Erinnerung behalten will. Eine Facette seines Wesens und seines Lebens, ja, geprägt von den Umständen, nicht weniger, aber auch nicht mehr. Er war mein Retter, mein Lehrmeister, mein Beschützer. Und als solchen werde ich ihn in mir bewahren.

Das Band zwischen der Kleinen und mir wurde mit den Wochen immer enger. Sie vertraute mir, und ich in ebensolchem Maße ihr. Auch verstanden wir uns von Tag zu Tag besser, wenngleich unsere Beziehung niemals die Intimität erlangen sollte, die ihr und Großvater im Umgang miteinander beschieden war. Die beiden verstanden sich buchstäblich blind und stumm, und tatsächlich hörte ich Großvater nur ganz selten ein Wort an die Kleine richten. Dann aber waren es zu Wort gewordene Zärtlichkeiten, niemals Kommandos oder gar Befehle.

Nein, bis zu diesem stummen Einvernehmen kamen wir nicht, die Kleine und ich. Wenn ich sie in meiner Nähe wissen wollte, musste ich sie zu mir rufen. In der Regel bewegte sie sich nicht von Großvaters Seite fort, und wenn dieser, was immer wieder und auch während der Schlafenszeit vorkam, allein unterwegs war, so zog sie es von Zeit zu Zeit vor, sich an dem Platz zusammenzurollen, an dem Großvater zuletzt gesessen oder gelegen hatte.

Anstatt sich an meine Seite zu kuscheln, wie es mir am liebsten gewesen wäre.

Natürlich, wenn ich sie rief, ja, sie bat, zu mir zu kommen, widersetzte sie sich nur ganz selten meinen Bitten. Wollte sie meinem Locken aber nicht folgen, dann setzte sie sich aufrecht auf ihre Hinterläufe, reckte den Kopf in die Luft, wandte den Blick von mir ab und signalisierte mir auf diese Art und Weise, dass sie sich nicht im Geringsten von mir angesprochen fühlte. Rasch lernte ich, dass es in solchen Momenten vergebene Liebesmüh war, sie zu etwas zu drängen. Sie kam erst, wenn es ihrem Wunsch entsprach, und keinen Moment eher.

Sobald sie aber bei mir war, war sie es mit Haut und Haar, mit jeder Faser ihres Hundedaseins. Sie genoss es ganz sichtlich, von mir an ihrem ganzen geschundenen Körper gestreichelt und gekrault zu werden. Dann rollte sie sich in einer fließenden, eleganten Bewegung, die man ihr so nicht unbedingt zugetraut hätte, auf den Rücken, streckte alle Viere von sich, schloss die Augen und gab sich bedingungslos der Sanftheit meiner Hände hin. Und ich? Ich legte all meine Zärtlichkeit in diese Minuten, denn so sehr Großvater mich auch lieben mochte: Körperlichkeit, insbesondere liebevolle Körperlichkeit, ließ er so gut wie nie zu. Das galt für mich und meist auch für die Kleine, selbst wenn es vorkam, dass er sie, im Gegensatz zu mir, streichelte und sogar ein wenig liebkoste.

Mich nahm er höchstens in die Arme, wenn er, von seinen Pilzen berauscht, die Vergangenheit beweinte. Doch so weit kam es selten. Meistens, fast immer, hatte er sich im Griff und beherrschte seine Gefühle. Oder aber er schlief über all seinem Kummer und Leid ein, bevor er Gefahr lief, allzu sentimental zu werden.

Also hielt ich mich an die Kleine und daran, ihr Zärtlichkeiten zu geben, die ich im Umkehrschluss von ihr zurückbekam, reichlich und überreichlich. Ihre Zunge hatte eine solch sanfte Kraft, dass mich wahre Schauder des Wohlgefühls überrollten, wenn sie begann, mich voller Inbrunst und offenkundiger Begeisterung nahezu überall abzulecken, wo ich es zuließ. Und daran war nichts Unappetitliches, nichts, das mich abgestoßen hätte, denn es war eine sanfte, weiche, warme und lediglich leicht feuchte Zunge, die über meinen Körper glitt wie die Hände einer sich sorgenden, behutsamen Mutter. Einer Mutter, die ich niemals in meinem Leben kennenlernen durfte.

Besonders intensiv befasste sie sich in der Regel mit meinen Händen. Keinen Finger, kein Fingerglied und keinen Fingernagel ließ sie unbeachtet, und die Andacht und Hingabe, mit der sie ihr Tun betrieb, hatte fast etwas von einer Meditation.

Großvater tolerierte unser Verhalten. Doch er hieß es nicht gut, dessen bin ich mir gewiss. Ein Blick in seine Augen genügte. Aber er ließ uns gewähren. Hätte er indes an einem von uns auch nur das geringste Anzeichen entdeckt, das darauf hinwies, dass der Austausch der Zärtlichkeiten nicht vollkommen freiwillig erfolgte – er hätte unser Tun sofort und mit aller Konsequenz unterbunden. Vor allem die Kleine hatte er in solchen Minuten – ja, Minuten, länger dauerten diese Momente ohnehin nicht an – im Blick, und wenn sie ihm ein einziges Signal des Unwohlseins dabei gegeben hätte, wäre seine Reaktion prompt und sicherlich heftig ausgefallen. Doch den Gefallen tat sie Großvater nicht, sie, die ihm ansonsten jeden Wunsch von den Augen ablas. Nein, nicht in all den Jahren, die wir gemeinsam verbrachten, gab sie ihm auch nur den geringsten Anlass, unser Tun zu unterbinden.

Was Großvater allerdings nicht zuließ, war, wenn ich aus Übermut oder vielmehr überbordenden Gefühlen der Zuneigung heraus versuchte, die Kleine auf die Arme zu nehmen.

„Das ist ein ausgewachsener Hund, Junge!", wies er mich in solchen Momenten scharf zurecht. „Ein Tier, das mit den Beinen auf dem Boden zu stehen hat, und kein Kleinkind, das getragen werden müsste. Schlimm genug, dass sie sich vor dir auf den Rücken wirft, alle Beine von sich streckt und sich dir vollkommen preisgibt. Aber sie auf den Arm zu nehmen, das kommt nicht in Frage!"

Ich hätte gerne mehr zu seinen Gründen für dieses Verbot gewusst und ihm im Gegenzug meine eigene Argumentation vorgetragen, doch er erstickte solche Diskussionen regelmäßig bereits im

Keim, mit einer einzigen, unmissverständlichen Handbewegung.

Je weiter unsere Wege in Richtung Erdoberfläche führten, je weiter wir uns also von den besiedelten Regionen entfernten, desto entspannter wirkte Großvater. Zumindest was seine Sorge betraf, wir könnten entdeckt werden. Und so ließ er die Kleine und mich hin und wieder in den Ruinen einstiger Unterweltzivilisation spielen und uns die Zeit vertreiben. Eines unserer Lieblingsspiele war „Verstecken" – natürlich hatte Großvater mich auf diese Idee gebracht, indem er aus seiner Kindheit berichtete. Wenn ich ihm hoch und heilig versprach, leise zu sein, die Kleine nicht zum Bellen zu animieren und vor allem, dass wir uns nicht zu weit von ihm entfernten, ließ er uns gewähren. Wir beide, die Kleine und ich, genossen diese wenigen Stunden der Unbeschwertheit in vollen Zügen, und das Leben im Zwielicht schien auf einmal nicht mehr so düster und farblos.

Einmal drang ich, auf der Suche nach einem besonders guten Versteck – und das musste ich haben, um zu gewinnen, verfügte die Kleine doch über einen ausgeprägten Geruchssinn – tief in eine dieser Ruinen ein. Und stieß plötzlich auf einen kleinen Leinensack, der in einer Ecke lag, schmutzig und teilweise mit Schutt bedeckt. Im Grunde vollkommen unauffällig, doch es war das erste Mal, dass ich etwas entdeckte, das nicht zu uns, also Großvater und mir, gehörte. Das ganz offensichtlich ein anderer Mensch hier in der Unterwelt hinterlassen hatte, abgesehen von Ruinen und Müll.

Ich rief leise die Kleine zu mir, denn allein wollte ich das bevorstehende Abenteuer nicht durchleben, und gemeinsam zogen wir den Sack aus seinem Versteck heraus. Ich nenne den Ort deshalb ein Versteck, weil es mir beim Anblick seines Inhalts regelrecht den Atem verschlug. Darin waren etliche, selbst im Zwielicht wunderschöne Gegenstände, zart und filigran gearbeitet und goldgelb leuchtend: Schmuck! Wir hatten einen Beutel mit Schmuck gefunden!

Das wusste ich in dem Moment natürlich noch nicht, und schon gar nicht um die Bedeutung des Fundes. Aber dass es etwas Besonderes war, was ich da in den Händen hielt, das spürte ich wohl. Und anscheinend auch die Kleine, denn sie hüpfte und sprang aufgeregt neben mir her, bis wir mitsamt unserer Beute am Lagerplatz und bei Großvater angekommen waren. Andächtig nahm er Stück für Stück in die Hand und erklärte mir Sinn und Zweck eines jedes einzelnen Teils. Es handelte sich um Ringe, Ketten und Broschen, die er nach unserer eingehenden Begutachtung fein säuberlich zurück in den Sack legte.

„Wie ist das da hingekommen?", fragte ich aufgeregt.

Großvater zuckte mit den Schultern. „Genau kann ich es dir nicht sagen, Junge. Vermutlich hat jemand diesen Beutel heimlich in diese Welt geschmuggelt wie ich die Bücher. Und dann hat er seinen Schatz verborgen, als es hieß, erneut umzusiedeln."

„Dann gehört das alles also niemandem mehr?"

„Auch das kann ich nicht sagen. Vielleicht lebt der Eigentümer noch. Vielleicht wartet er nur auf eine Gelegenheit, den Beutel zu holen. Wer weiß das schon? Aber das ist auch gleichgültig. – So, Junge. Und jetzt geht ihr dahin zurück, wo ihr den Schmuck gefunden habt, und verbergt den Beutel wieder an der Stelle, wo er lag. Und dann gehen wir fort von hier."

„Aber, Großvater, ich …"

„Mach bitte, was ich sage!"

„Und wenn ich einen kleinen Ring …"

„Nein, nicht einen einzigen Ring behalten wir. Es ist nicht unser Eigentum, und wir brauchen nichts davon. Also?"

Was hätte ich tun sollen? Den ganzen Weg zurück, den die Kleine mit hängendem Schwanz hinter mir hertrottete, als wäre sie ebenso enttäuscht wie ich, haderte ich mit mir. Wie hätte Großvater es jemals bemerken sollen, wenn ich doch …

Letztendlich siegte mein Bestreben, meinen Freund und Beschützer nie, niemals zu enttäuschen, und ich platzierte den Beutel samt komplettem Inhalt wieder an der Fundstelle. Vielleicht, das gebe ich zu, vielleicht verbarg ich ihn mit noch etwas mehr Schutt, denn sollte ich kein Stück davon besitzen dürfen, dann niemand! Aber das, da war ich mir sicher, das war nichts, was Großvaters Unmut auf mich gezogen hätte.

„Eigentum weckt immer den Appetit auf mehr, Junge“, erklärte er mir noch am selben Abend. „Eigentum weckt im schlimmsten Falle Neid und Gier. Und alles zusammen, gepaart mit der Dummheit der Menschen, das waren wesentliche Gründe für den Untergang der Zivilisation, wie ich sie kannte. Ach Europa – es hätte alles gut werden können! Ein paar Länder dieses Kontinents waren so reich, dass sie die anderen, die ärmeren, hätten mittragen können. Und wenn auch noch das wohlhabende Nordamerika und die beachtliche Anzahl reicher asiatischer Länder mitgezogen hätten, dann, ja dann hätte alles ganz anders ausgehen können. Aber nein: Neid, Gier, Angst vor dem Verlust der totalen Macht und Dummheit, ja, am allermeisten die menschliche Dummheit, ließen es anders kommen! Der in wenigen Ländern gehortete Reichtum hätte ausgereicht, die Not in allen, wirklich allen Regionen der Erde nicht nur zu lindern, sondern gänzlich auszurotten. Das war damals, als das Unheil begann, bereits bekannt. Alle wussten es, und keiner tat etwas. Und genau dieses Wissen und die Tatenlosigkeit machen heute so unbegreiflich, was dann geschehen sollte. Und aus diesem Grund, Junge, allein aus diesem Grund wollte ich nicht, dass du auch nur das geringste Schmuckstück aus diesem Beutel für dich behältst.“

Großvater erzählte mir anschließend von einer Zeit, da unzählige Flüchtlingswellen, ja, schiere Flüchtlingsfluten aus armen, unterdrückten und in Krieg und Elend untergehenden Ländern und Regionen die befriedeten und wohlhabenden Staaten der damaligen Weltenordnung regelrecht überschwemmten.

Seine Stimmung war düster, mehr als düster, als er auf dieses Thema zu sprechen kam, und mir wurde im Laufe seines Monologs bewusst, weswegen.

„Zunächst kamen nicht mehr als ein paar Hunderttausend, und selbst sie waren Grund genug für uns, die reichen Länder, Bollwerke gegen ihre Verzweiflung zu errichten. Doch diese Flüchtlinge waren lediglich die Vorhut derer, die auf der Suche nach Rettung den ungewissen Weg nach Norden, dahin, wo Geld und Wohlstand und Unbeschwertheit zuhause waren, antraten. Antreten mussten, weil man ihnen keine andere Wahl ließ."

An diesem Punkt drückte Großvater mir etliche Zeitungsausschnitte in die Hand, die ich später und in Ruhe lesen sollte.

„Das sind Zeugnisse aus jener Zeit", sagte er dazu. „Belege des damaligen Zeitgeists."

Die Überschriften zu zwei dieser Artikel sind mir besonders im Gedächtnis haften geblieben. Nicht etwa wegen ihres Inhalts, denn „Nicht jeder, der will, kann nach Europa" klingt aus meiner Sicht nicht wirklich dramatisch. Haben wir hier in der Unterwelt denn im legalen Bereich die Möglichkeit, uns frei zu bewegen? Eben! Nein, es waren vielmehr Großvaters Erläuterungen, die diese Berichte so besonders machten.

„‚Nicht jeder, der will, kann nach Europa' – das ist die Aussage eines führenden europäischen Politikers zu Beginn des 21. Jahrhunderts. Als wäre es damals ein Privileg, ein persönliches Verdienst jedes einzelnen Menschen gewesen, wo in der Welt er geboren wurde und wo er leben durfte oder musste. Die Überschrift, ein Zitat dieses Mannes, als Inbegriff der Geisteshaltung des einstigen Europas: satt, zufrieden, reich und selbstgefällig – eine selbsternannte moralische Instanz. Damals, das immerhin gestehe ich diesem Mann zu, war die Entwicklung in ihrer Dramatik noch nicht vorhersehbar gewesen. Und dennoch, oder gerade deshalb, waren diese Worte ein weiteres Steinchen mehr, das letztendlich die Lawine ins Rollen brachte."

An der Stelle nahm er mir den Zeitungsausschnitt aus der Hand und wedelte damit in der Luft herum, als wolle er böse Geister vertreiben.

„Was, fragte ich mich, als ich dieses Zitat das erste Mal hörte und am folgenden Tag las, was bewegt einen vernunftbegabten und intelligenten Mann dazu, eine solche Wortwahl zu treffen? Was ermächtigte ihn, zu bestimmen über das Leben und die Freiheit anderer, vom Schicksal wenig begünstigter Menschen? Es muss wie Hohn und Spott geklungen haben in den Ohren derjenigen, die nichts weiter wollten, als Krieg und Elend und Hungersnot zu entfliehen. Was würde dieser Mann heute zu uns sagen? ‚Selbst Schuld!' vielleicht? ‚Hättet ihr halt uns damaligen Politikern nicht unseren Unsinn geglaubt!'? Welch ein Glück, dass Menschen wie dieser mit ihrem alten Europa untergingen, sonst wäre die Finsternis hier noch unerträglicher."

Das war Großvaters Meinung. Nur gut, dass er nach solchen Monologen nie nach der meinen fragte. Was hätte ich antworten sollen?

Aber ich habe zwei dieser Schlagzeilen erwähnt. Und die zweite lautete: „Die 62 reichsten Menschen sind reicher als die halbe Menschheit, und das oberste Prozent der Weltbevölkerung verfügt über mehr Vermögen als der Rest der Welt zusammen." – In der Unterwelt, da besitzt niemand etwas. Es sei denn, man findet einen Beutel mit Schmuck und behält ihn für sich – aber das, denke ich, wird nicht die Regel sein.

Nur die Eliten, sie verfügen, daran bestand für Großvater nicht der geringste Zweifel, über immense Schätze und Reichtümer – irgendwo. Aber keiner der in der Unterwelt Lebenden beschwert sich. Für uns, für uns „Wurzelfresser", ist dieser Zustand der Besitzlosigkeit ganz normal. Ich vermochte also nichts Verwerfliches an dieser Aussage zu finden, doch auch diese Schlagzeile löste bei Großvater heftige Reaktionen aus.

„War es denn ein Wunder, dass die schier unzählbare Menge armer und mittelloser Menschen sich in Bewegung setzte, um den Überreichen einen kleinen Teil dessen zu nehmen, was ihnen eigentlich ohnehin zustand? Ja, zustand, weil es ihnen von einer Minderheit gestohlen oder zumindest vorenthalten worden war."

An diesem Punkt angelangt, wollte ich intervenieren. Doch er sah es mir an, ja, er sah mir an, was ich zu sagen beabsichtigte, und ließ mich nicht zu Wort kommen.

„Ich weiß, ich weiß", winkte Großvater resigniert ab. „Es ist ein dem Menschen angeborener Instinkt, zu bewahren, was er besitzt, sich und sein Hab und Gut zu verteidigen gegen Eindringlinge von außen, gleichgültig, wie berechtigt und verständlich deren Forderungen auch sein mögen. Insofern ist es nicht gerecht und es ist sogar falsch, alles zu verdammen, was damals geschah und war! Wir damaligen Menschen, wir konnten gar nicht anders, als so zu empfinden und zu handeln, wie wir eben empfanden und handelten. Es war nun einmal unser Instinkt, der uns letztendlich hierher in die Dunkelheit brachte."

Ja, Instinkt – ich habe davon gehört. Aber uns ist jeglicher Instinkt abhandengekommen, uns, die wir in der Dunkelheit gezeugt und geboren wurden. Uns, die wir nichts kennen als Finsternis und die Stimmen ohne Gesichter, die uns sagen, was wir zu tun und zu lassen haben. Wir, die wir laut Großvater jetzt leben müssen mit dem, wohin die „Instinkte" der Menschen uns gebracht haben.

Doch er war noch immer inmitten seiner Anklage, und selten redete Großvater sich so in Rage wie dieses Mal. Seine Stimme wurde zu einem Fauchen, die Augen verengten sich zu wütenden Schlitzen und seine Hände ballten sich so vehement um die Griffe des Rollstuhls, dass das Weiß der Knochen hervortrat.

„Die Flüchtlinge und Vertriebenen, sie wurden mehr, immer mehr: 10, 50 Millionen Menschen ohne Heimat und auf der Flucht, auf der Suche nach einem besseren Leben. Dann 100 Millionen, schließlich 250 Millionen. Sie ließen sich letztendlich nicht mehr aufhalten oder kanalisieren, trotz aller, auch gewaltsamer, Bestrebungen der reichen Staaten, sich der das angenehme Leben störenden Menschenmassen zu erwehren. Grenzen fielen, Dämme brachen. Die Massen ohne Zukunft in ihrer Heimat, sie drängten nach Europa, nach Nordamerika und in die wohlhabenden Länder Asiens. Mit aller Macht, mit allem, was sie hatten: ihrem Leben und dem Willen, dieses zu behalten. Sie kamen zu Land, zu Wasser und aus der Luft."

So erregt habe ich Großvater in der Tat selten zuvor erlebt. Sein Kopf war mittlerweile feuerrot angelaufen, während des Sprechens versprühte er Spucke, und ich bekam es mit der Angst zu tun. Ich war es gewöhnt, ihn in seinen minuten-, manchmal fast stundenlangen Monologen schimpfen zu sehen, aber dieses Toben …

Doch wie hätte ich ihm Einhalt gebieten können? Mit einem Mal jedoch wurde er so leise, dass ich Mühe hatte, seine Worte zu verstehen.

„Auch die Meere, bis dato die natürlichen Sperrwerke der Reichen in der nördlichen Hemisphäre gegen die Armut des Südens, stellten mit einem Mal kein Hindernis mehr dar für die Menschenfluten, die sich nach Rettung sehnten, nach einem Leben ohne Angst und Unterdrückung, ohne Hunger und Not. Tausende, wenn nicht Abertausende ertranken bei ihren verzweifelten Versuchen, das ‚Gelobte Land' zu erreichen, das sie mit allen Mitteln abwehrte, und dennoch waren es der Verzweifelten zu viele, als dass sie dauerhaft und nachhaltig hätten aufgehalten werden können. Aber obwohl sie es bis an das scheinbar rettende Ufer schafften, fanden sie keinen Frieden und keine Ruhe, sondern nichts als Verderben und den Tod. Aber warum, Junge? Warum?"

Die Frage nach der Schuld war etwas, das Großvater umtrieb wie nahezu nichts anderes, kein Zweifel. Dabei wäre es in seinen Augen so einfach gewesen: „Hätten wir nur den Flüchtenden beizeiten geholfen, ihren eigenen Lebensraum wieder aufzubauen, den wir maßgeblich zerstört haben in unserer Gier nach immer mehr Reichtum und Macht. Wir, die wir meinten, plötzlich und ohne Schuld von den Heimatlosen überrollt zu werden. Dabei harrten sie aus, Jahre und Jahrzehnte, in ihrem Elend, in ihrer Heimat, obwohl sie keine Aussicht auf Leben mehr hatten. Hätten wir ihnen damals eine Perspektive gegeben, dann hätten auch wir vielleicht eine Chance gehabt, zu überleben. Aber wir haben weitergemacht, weiter zerstört, weiter Lebensräume und Lebensträume vernichtet."

Bitte, flehte ich stumm, *bitte lass es, Großvater, lass es ruhen. Für heute zumindest. Was hilft es, dich und deine Generation jetzt noch zu zerfleischen für Dinge, die ihr getan und noch viel mehr Dinge, die ihr nicht getan habt! Wir leben im Jetzt und Hier, auch wenn dies tatsächlich nichts als Zwischenweltenzeiten sind.*

„Die Vergangenheit, sie wird nicht besser, wenn sie keine Ruhe findet." – Das waren seine eigenen Worte, an einem anderen Tag, in einer anderen Stimmung. Doch er hörte manches Mal nicht auf mit seinen Selbstanklagen, und sogar die Kleine, die im Grunde nie, seit ich sie kannte, betrübt wirkte, stand vor ihm, ließ die sonst immer so keck in die Luft gestreckte Rute hängen und erweckte den Eindruck, als sehnte sie ein Ende der Litanei herbei.

Doch Großvater, er war noch immer nicht am Ende angekommen: „Hätten wir nur einen Bruchteil unseres Reichtums an die zurückgegeben, auf deren Kosten wir ihn erwirtschaftet haben – es hätte sich alles zum Guten wenden können."

Und dann senkte er erneut seine Stimme, dieser wortgewaltige Mann.

„Ja, hätten wir den Fliehenden beizeiten geholfen, anstatt sie immer weiter in Armut und Not zu treiben und als Bedrohung des Abendlandes, als Zerstörer der Zivilisation anzusehen, ja dann, wer weiß, dann könnten wir alle vielleicht auch heute noch auf der Erde leben anstatt nur wenige Übriggebliebene unter ihr.“

Es klang so einfach, so simpel und naheliegend. Und doch: Warum war niemand bereit gewesen, diesen Weg des „Miteinander“ zu gehen? Mir blieb keine Zeit, zu fragen. Nicht in dem Moment, und auch kein anderes Mal, wenn Großvater auf dieses Thema zu sprechen kam. Vielleicht, ja, vielleicht fand ich einfach nicht den Mut, die richtigen Worte zu suchen und sie zu artikulieren.

„Das, was damals schon gefehlt hat, das, weswegen die Zivilisation in ihrem Zustand scheiterte, ja, scheitern musste, war einzig und allein der Tatsache geschuldet, dass uns, die wir das Schicksal der ganzen Menschheit in Händen hielten – auch ich darf mich da nicht ausnehmen, Junge – dass den reichen Menschen, den wohlhabenden Ländern und Völkern, wie auch immer, das fehlte, was ich dir gegenüber immer als das höchste Gut unserer Spezies preise: die Menschlichkeit! Hätten wir alle, denen es gut ging, die wir zumindest ein gesichertes, zufriedenstellendes Auskommen hatten und ein Leben ohne Angst führen konnten, Mitleid gehabt, Gnade gezeigt, kurz, Menschlichkeit praktiziert, wären wir allesamt nicht so elendiglich zugrunde gegangen an unserem eigenen Versagen!“

Ist das die Wahrheit? Mag sein, möglicherweise. Wie will ich es wissen? Wie will ich es beurteilen? Für mich gab es nichts zu sagen, kein Wort der Anklage, und keines des Trosts. Wie auch? Was auch?

Großvater fuhr in seinem Bericht fort, nachdem er sich mit einem Schluck Wasser und ein paar getrockneten Flechten gestärkt hatte.

„Nachdem die von Menschenfluten überrollten Staaten kein gemeinsames Konzept auf die Beine zu stellen in der Lage waren, das die Probleme wirklich und nachhaltig hätte lösen können, kam es, wie es letztendlich kommen musste: Die politischen Strukturen der damaligen Welt lösten sich auf. Wenige Mächte, die zuvor bereits stark waren, wurden noch stärker, nahezu alle anderen zerfielen. Jenseits eines kleinen Kerns inmitten des europäischen Kontinents blieben nurmehr drei Mächte übrig, die sich Amerika, Asien, Europa und den ganzen Rest des Planeten teilten, einschließlich des zuvor über Jahrhunderte von Menschenhand geknechteten und ausgebeuteten Kontinents namens Afrika. Aber die größten Verlierer dieser ganzen Veränderungen waren jene armseligen Menschen, die sich aus den verschiedensten Gründen auf den Weg nach Norden hatten machen müssen. Sie, die kamen, weil sie dort, wo sie zuhause waren, kein Leben mehr führen konnten. Sie wurden auf ihren langen, endlosen Märschen von Fremdenhass, Misstrauen, Gier, Gewalt und Dummheit ausgepresst, zerstört und zertreten. Als wären sie nichts, aber auch gar nichts wert.

Komisch, dachte ich in dem Augenblick bei mir, *genau das Gleiche könnte man doch über die Mehrzahl von uns „Wurzelfressern" sagen, oder nicht?*

Auch wir, das hat mir Großvater jedenfalls so beschrieben, haben nur dann die Chance zu überleben, wenn wir funktionieren, wie es sich die Eliten vorstellen. Oder aber, wenn wir uns, so wie er und ich, in diese Welt zwischen den Welten begeben, immer auf der Flucht, immer in Sorge, doch entdeckt zu werden. Alle anderen werden vernichtet.

Doch Großvaters Gedanken weilten noch in der Vergangenheit.

„Dass diesem Europa, meinem, Junge, meinem Europa keine hundert Jahre später genau das Gleiche widerfuhr, verschafft mir heute, so schlimm es auch gewesen ist und so tief der Schmerz darüber noch in mir sitzt, eine gewisse Genugtuung. Spät aber doch mussten wir, zumindest im Ansatz, erleiden, was wir Millionen hilflosen Menschen angetan hatten. Im Gegenzug zu der Konzentration auf diese drei Riesenreiche, allesamt despotisch regiert übrigens, zerfiel das ‚Alte Europa', die Wiege der Menschheit, in seine jämmerlichen und belanglosen Einzelteile. Es begann, wie so vieles, ganz harmlos und endete in einem zerplatzten Traum, der anscheinend viel zu schön war, um von dauerhaftem Bestand zu sein."

Ein bitteres Lachen, wie finsteres Husten, ließ die Kleine, die inzwischen zu einem Knäuel zusammengerollt zwischen uns lag, erschreckt den Kopf heben, und Großvater streichelte ihr beruhigend über den Rücken. Was hätte ich darum gegeben, hätte auch ich in diesem Moment den Trost seiner Hand zu spüren bekommen.

Seine Zuneigung, sie fehlte mir an solchen Abenden. Fehlte mir so sehr. Vielleicht hätte ich sie bekommen, wenn ich mich einfach, auch ihm zum Trost, um Großvaters Hals geworfen hätte. Vielleicht wäre das uns beiden eine Hilfe gewesen. Aber ich traute mich nicht. Denn die Angst, zurückgewiesen zu werden, überwog alle Sehnsüchte.

Plötzlich jedoch, als hätte er meine Gedanken gelesen, nahm er mich in seine Arme, mich und die Kleine, und ich spürte die so lang ersehnte Geborgenheit wie Sonnenstrahlen – ja, so stellte ich sie mir vor, die Kraft der Sonne – in mir emporsteigen.

„Ich verstehe", fuhr er fort, nach einer gefühlten Ewigkeit, da wir nur schwiegen und uns spürten, „dass all das für dich weit fort ist und schwer nachzuvollziehen. Aber wie willst du je begreifen, was die Welt einst war, wenn du nicht um ihre ganze traurige Geschichte weißt? Und darum muss ich dir auch erzählen, wie es weiterging damals. Der Zerfall jener Wertegemeinschaft – ja, auch das war dieser Staatenbund ursprünglich: eine Gemeinschaft von Werten – er war so logisch. Denn was will man erwarten von einer Union, die tatenlos und offenen Auges zusieht, wie eines ihrer Mitglieder finanziell und wirtschaftlich vollständig ausblutet? Von einer Union, die unerfüllbare Bedingungen an ihre Hilfe knüpft, um dann dieses Gemeinschaftsmitglied, ohne mit der Wimper zu zucken, fallen zu lassen, nur um die eigenen, übervollen Pfründe zu sichern? Ja, was will eine solche Union von sich selbst anderes erwarten, als dass sie zugrunde geht? Es klingt alles so simpel, nicht wahr? Und so abwendbar und vermeidbar."

Erneut schloss Großvater mich in seine Arme, als suche diesmal er den Trost, den ich eben bei ihm gefunden hatte.

„Vieles wirkt im Nachhinein so unnötig und scheinbar leicht umkehrbar. Aber sind bestimmte Weichen erst einmal gestellt, dann kennt der Mensch oftmals kein Zurück. So war es, so ist es auch heute noch, so wird es in allen Zeiten sein. Warum auch immer. In der Folge einer langen und selbstzerstörerischen Zeit der Kleinstaaterei und Kleingeistigkeit, der Demagogie, der Eitelkeit und Geschwätzigkeit, richtete und vernichtete sich das einst große alte Europa selbst. Es hätte der Völkerwanderungen, die später gerne als Wurzel des Untergangs bemüht wurden, nicht bedurft, das noch verbliebene Gerippe zu sezieren. Politische, wirtschaftliche und ökologische Blindheit, gepaart mit unerklärlicher Arroganz scheinbarer Überlegenheit waren die Totengräber des europäischen Systems. Dazu kamen sinnlose Kriege – als ob Kriege nicht immer sinnlos wären – eitler Staatslenker, die allesamt nichts als Ganoven, Verbrecher und Mörder waren, und von denen sich das angeblich so demokratische und friedliebende sogenannte ‚Freie Europa' an der Nase herumführen und demütigen ließ. Markige Worte und sinnleere Phrasen sogenannter Spitzenpolitiker, der angeblich mächtigsten Menschen des Planeten, verhallten regelmäßig wirkungs- und tatenlos. Und so, als Konsequenz aus dem ganzen kollektiven Versagen, war der Untergang dieses Weltenteils nichts als eine logische Folge."

Im Grunde zum Lachen, dachte ich oft bei mir, diese Hilflosigkeit einer ganzen Menschengeneration, die sich bis in das Hier und Heute der Unterwelt fortpflanzen sollte. Hätte nicht die Verbitterung in Großvaters Stimme gelegen, wenn er über dieses Thema sprach, hätte ich ihn sicherlich manches Mal mit einer entsprechenden Bemerkung unterbrochen und aufgezogen. Dass ich es nicht tat, hat nichts mit Feigheit zu tun.

Ich, der ich keinen Bezug zu meinem eigenen Lebensraum habe. Ich, dessen Lebensinhalt aus einem Rollstuhl fahrenden Alten und einem kurios anmutenden Hund bestand. Ich, der durch zahllose dunkle und verwaiste Röhren- und Tunnelsysteme vagabundierte – *Ich* konnte und durfte und mochte mir nicht anmaßen, spöttische Bemerkungen über den Zerfall einer Kultur zu machen, die sich als über alle andere Kulturen erhaben glaubte und die dabei Abermillionen Menschen ihrer Leben beraubte.

Es waren seltene und kostbare Stunden, da Großvater mir auftrug, jenen eingangs erwähnten schwarzen Kasten aus seinem Fach im Rollstuhl herauszuholen und die Kurbel zu betätigen. „Sei aber vorsichtig", ermahnte er mich jedes Mal, „der Projektor ist sehr empfindlich!"

Dass das Gerät trotz des zunehmenden Geholpers auf immer unebeneren Wegen keinen Schaden nahm, schien seine Sorge darum nicht zu mindern. Verständlich, und auch ich hätte es zutiefst bedauert, auf die Bilder verzichten zu müssen, die der sogenannte Projektor an Wände oder Decken warf.

Dieses Mal waren es „Fotografien einer sterbenden Kultur" – als solche bezeichnete Großvater die Darstellungen zumindest. In meinen Augen waren es, wie alle anderen Bilder, die ich zuvor zu sehen bekommen hatte, blühende Landschaften. Er aber meinte, dass all das nicht mehr das Europa wäre, wie er es mir so gerne gezeigt hätte.

Und als die letzten Bilder verblasst waren, folgten die Erläuterungen dazu: „Das gute alte Europa: eine gewisse Bedeutung kam seinen Überresten selbst nach dem Zerfall zu. Die Abholzung der tropischen Regenwälder in Südamerika, Afrika und Asien war mit hemmungs- und skrupelloser Rasanz vorangegangen; die Erd- und Luftverschmutzung sowie die Verpestung der Meere nahmen immense Ausmaße an. Und das alles in einem solch bedrohlichen Umfang, dass irgendwann selbst die drei großen Mächte, auch wenn sie versuchten, ansonsten nichts miteinander zu tun zu haben, erkennen mussten, dass es auf dem eingeschlagenen Weg nicht weitergehen konnte. Also beschlossen sie zähneknirschend, eine Allianz zu schmieden und gemeinsame Maßnahmen zu ergreifen, um den Planeten Erde am Leben zu erhalten. Unser führungs- und orientierungslos in Chaos versinkendes, siechendes Europa, ein natürlicher, neutraler Puffer zwischen den Mächten, schien ihnen für ihre Pläne, die Erde vor dem Erstickungstod zu bewahren, bestens geeignet zu sein. Riesige, seit dem Niedergang der einst blühenden europäischen Industrie brachliegende Flächen wurden in Plantagen umgewandelt, in denen speziell für die Errettung des Planeten gezüchtete, extrem schnell wachsende und äußerst widerstandsfähige Bäume, die sogenannten ‚Aerobols', in unvorstellbaren Mengen gezogen und von dort in alle Welt verschickt wurden. In der geradezu irrwitzigen Hoffnung, so das verlorengegangene ökologische Gleichgewicht wiederherzustellen. Europa verkam zu einem riesigen Gewächshaus – jeglichen Führungsanspruch sollte dieser Erdteil ein für alle Mal verwirkt haben."

Plötzlich wirkte Großvater, als würde alle Kraft, alle Energie aus seinem ohnehin mageren Körper entweichen. Er sackte förmlich in sich zusammen und beschied mir, unendlich müde zu sein.

Wie froh war ich! Selbst die Kleine schien erleichtert. Nachdem wir gegessen hatten, bereiteten wir unseren Schlafplatz. Wie immer, darauf achtete Großvater sehr genau, hatten wir diesen in einer Nische gefunden, einer Ausbuchtung des Felsengangs. Zumindest ein klein wenig Geborgenheit und Sicherheit boten solche Fleckchen, was das Einschlafen etwas leichter machte.

Am kommenden Morgen war das Gespräch vergessen. Zumindest während unseres Marsches redeten wir lediglich über belanglose Dinge des Unterweltalltags. Sobald wir aber ein neues Nachtlager aufgetan und uns niedergelassen hatten, fuhr Großvater fort, als hätte er diesen Monolog keine Minute lang unterbrochen.

„Europa war am Ende, dafür gab es einen anderen Kontinent, dessen Stunde nun schlagen sollte: Afrika. Die Erhebung dieses Kontinents über den Rest der Welt begann ausgerechnet mit einer Katastrophe, die alles bis dahin Gewesene in den Schatten stellte: Die Krankheit ‚Ebola' und ihre noch viel bösartigeren und heimtückischeren Unterformen machten in Windeseile ‚Tabula rasa'. Im Westen des Kontinents beginnend und sich wie ein riesiger, alles vernichtender Heuschreckenschwarm ausdehnend, bis das Leben selbst in den entlegensten und unwirtlichsten Wüstengegenden Afrikas nahezu vollständig ausgerottet war. Danach teilten die drei großen Mächte untereinander auf, was übrig blieb. Der Kontinent wurde rücksichtsloser als je zuvor und ohne die geringsten Skrupel irgendeiner der Beteiligten zerlegt wie ein Stück Vieh. Die einzelnen Staaten, ihre Grenzen, ihre noch übrigen Bewohner, sie galten nicht mehr, sie … Doch was soll ich mich aufhalten mit Geschichten über Länder, deren Namen außer mir vielleicht niemand mehr kennt und wenn doch, dann ausschließlich in Verbindung mit Not, Elend und Katastrophenmeldungen? Wer, bitte schön, wollte heute noch etwas von jenen Zeiten wissen und davon, was damals vor sich ging? Nein, nicht einmal du, Junge, nicht einmal du!"

Verschämt blickte ich zu Boden, hatte er doch recht: Was sollte ich Mitleid haben mit dem Schicksal eines Kontinents, dem zwar großes Leid zugefügt worden war, der aber doch nach meinem Empfinden weit von dem entfernt war, was das Unterweltleben bedeutete.

„Die Zeitzeugen verschwanden oder wurden mundtot gemacht, und ‚Afrika' mutierte in der Folge zu einem Synonym für Erfolg. Es wurde zu einer Ehre und einer Auszeichnung für die klugen Menschen aller Weltenregionen, in die neuen Kolonien gesandt zu werden. Ja, es begann geradezu ein Wettrennen darum, die fähigsten Köpfe dahin zu entsenden. An Orte, wo noch wenige Jahre zuvor kein einziger Mensch Grundlagen für ein würdiges Leben gefunden hätte."

An der Stelle unterbrach sich Großvater kurz, schüttelte den Kopf, als könne er selbst nicht glauben, was er da sagte, und richtete seinen Blick ins Nichts des Stollens, den wir eben hinter uns gelassen hatten.

„Eine fatale Entscheidung, wie sich bald herausstellte. Denn die drei großen Weltmächte bluteten in ihrem Eifer, das Gros der neuen elitären afrikanischen Gesellschaft zu stellen, intellektuell aus, sodass auch ihre Zeiten binnen weniger Jahrzehnte vorüber waren. Es erging ihnen wie dem alten Europa.

Allein, was damals Jahrhunderte gedauert hatte, geschah nun im Zeitraffertempo und innerhalb weniger Jahrzehnte. Bald gab es nurmehr eine einzige Systemsteuerung auf dem Planeten, die von Afrika aus geleitet wurde, von den dort versammelten Eliten. Dort, und dabei handelt es sich in gewisser Weise um eine Ironie der Geschichte, auf dem Kontinent, der über Jahrhunderte, fast wäre ich versucht zu behaupten, über Jahrtausende hinweg, Spielball gewissenloser Kolonialmächte und Ausbeuter gewesen war, von dort aus wurde auf einmal bestimmt, wer wie und wo leben sollte. Was wahr war und was nicht, was Recht war und was Unrecht, was die Menschen zu tun hatten und was zu lassen. Vielleicht hätte in dieser Situation die Chance bestanden, alles zum Guten zu wenden, aber der Mensch, ja, der Mensch … – Den Menschen, die sich dort einfanden und die sich zu der noch heute herrschenden Macht vereinten, war jegliche Form von Patriotismus, Ideologie oder Menschlichkeit fremd. Ihr Denken und ihr gemeinsames Handeln war einzig und allein auf ein Ziel ausgerichtet: Die Erlangung und Bewahrung der Weltherrschaft. Rücksichtslos, skrupellos, erbarmungslos. Verglichen damit, Junge, war das Vorgehen gegen die Flüchtlingsströme geradezu menschlich zu nennen. Sie erhoben sich selbst, wie du weißt, zu Göttern, und ihre Gesetze wurden zur Religion der Menschheit hier unten."

Apropos Religion: Nichts von dem, was Großvater mir zu erklären versucht hatte in all den Jahren, verstand ich so wenig wie dieses Thema. Die Menschen glaubten einstmals an eine gute Macht, an die Erlösung, und verfolgten im Prinzip, so sie denn überhaupt einer Religion angehörten, alle das gleiche Ziel. Dabei gaben sie dieser Macht unterschiedliche Namen, und gingen verschiedene Wege, um ihr Ziel zu erreichen. Und was taten sie auf diesen Wegen, die doch zum gleichen Endpunkt, nämlich in ein Paradies ohne Gewalt, Schmerz und Sorgen führen sollten?

Großvater hatte, wie nahezu immer, eine Antwort, ob sie mir gefiel oder nicht: „Sie schlachteten einander ab in unzähligen Kriegen, verbreiteten Angst und Schrecken, verursachten Not und verbreiteten Elend, nur weil ein jeder von ihnen glaubte, jenem Überwesen den einzig wahren Namen gegeben zu haben und den einzig richtigen Weg zur Erlösung zu gehen. Wie, bitte schön, kann man das anders nennen als *pervers*? Und wie, frage ich mich immer wieder, konnte eine solch gute Allmacht, die von Milliarden von Menschen über Jahrtausende hinweg angebetet wurde, wie konnte diese Allmacht das alles geschehen lassen in ihrem Namen, im Namen Gottes oder Allahs oder wie auch immer die Nennung lauten mochte? Ja, Junge, auch diese Frage treibt mich um – denn ich finde keine Antwort darauf!"

Immer wieder, wenn Großvater auf diesen Themenkomplex zu sprechen kam – und das war wahrlich nicht selten – endete sein Monolog entweder in Wehklagen oder in Wutausbrüchen hinsichtlich dessen, was zunächst die Politiker und die falsche Auslegung von Religionen angerichtet hatten und später die heutigen Eliten in Perfektion vollendeten. Dabei war die Sache doch so logisch und wurde selbst für mich immer klarer, je öfter Großvater davon sprach.

„Nicht die Politiker waren Schuld am Untergang der Welt, nicht Religionen und keine Ideologien, nicht einzelne Personen, nein, es war die Dummheit der gesamten Menschheit als Rasse, die zu dem Supergau führte, ja, führen musste. Sich allmächtig zu fühlen und auf eine einzige Pflanzenart zu hoffen. Einige wenige über Wohl und Wehe der ganzen Menschheit entscheiden zu lassen, anstatt als Kollektiv mit seiner ganzen Vernunft selbst das Heft in die Hand zu nehmen. Was, wenn nicht ein solches Verhalten, ist als Ignoranz auf höchstem Niveau zu bezeichnen?"

Ja, Großvater fand oft gar kein Ende mit seinen Ausführungen und Predigten. Doch es wäre falsch, anzunehmen, er hätte ausschließlich über Dinge und Geschehnisse gesprochen, die nur ihn bewegten. Das war nicht der Fall, ganz und gar nicht. Stellte ich eine Frage, so bekam ich eine Antwort.

„Großvater? Wie alt ist die Kleine?"

„Ich kann es dir nicht sagen, Junge. Aber sie ist, so wie ich, sehr alt, das immerhin weiß ich. Als wir uns trafen, sie und ich, war sie schon ausgewachsen.

Ich lebte seither viele Jahre allein mit ihr, und wir drei verbringen ja nun auch schon etliche Zeit gemeinsam. Wie lange genau?“

„Acht Jahre, drei Monate und siebzehn Tage.“

„Richtig, Junge. Aber warum fragst du?“

„Das Lexikon, ich …“

„Ja, was ist mit dem Lexikon?“

„In dem Lexikon steht, dass Hunde in der Regel nicht älter als fünfzehn Jahre werden. Und das bedeutet ja dann, dass …“

„Das bedeutet gar nichts, mein Junge. Sieh dir unsere Kleine an: Macht sie den Eindruck, als sei sie müde oder schwach? Nein, die Kleine ist noch immer voller Leben. Hab keine Angst. Nicht alles, was in dem Lexikon geschrieben steht, hat auch hier unten, in unserer schrecklichen neuen Welt, Bestand. Sicherlich, überwiegend sind es negative Veränderungen, die unser Leben hier prägen. Aber die zunehmende Lebenszeit nicht nur der Menschen, sondern scheinbar aller Geschöpfe, kann man, zumindest im Falle unserer Begleiterin, getrost als Fortschritt ansehen.“

Und tatsächlich. Oft, sehr oft, wirkte die Kleine wie ein junger Hund, vor allem in Augenblicken, da sie sich ganz offensichtlich freute oder wir zwei, sie und ich, unsere Spielzeiten hatten. Sie konnte hüpfen und springen, Haken schlagen und so schnell rennen, dass ich manchmal meinte, die Hinterläufe würden ihren Vorderkörper überholen. Dabei schien sie zu lachen, wenn sie wild mit dem

Schwanz rudernd hinter Steinchen herjagte, die ich ihr zum Spaß zuwarf oder wenn sie auf mich zurannte, während wir „Fangen“ spielten.

Aber es gab auch Stunden, da mir furchtbar bang ums Herz wurde, wenn ich sie ausgestreckt neben Großvater liegen sah. Wenn die schief und krumm zusammengewachsenen Knochen überall aus dem struppigen Fell hervortraten, ihre Beine zuckten und sie, schwer schnaufend, wild zu träumen schien. Dann dachte ich so manches Mal, dass ihre letzten Stunden oder zumindest Tage gezählt sein müssten. Und doch schien Großvater recht zu behalten. Jeden Morgen erwachte sie aufs Neue und freute sich ihres Lebens.

Abends, wenn wir unser Nachtlager aufschlugen und es uns so bequem wie möglich machten auf den dünnen Unterlagen, tat sie es uns gleich. Ihre Schlafdecke konnte ich nie, nicht ein einziges Mal in all den Jahren, so auf dem Boden drapieren, dass es ihren Vorstellungen entsprochen hätte.

Es war ein allabendliches Ritual, das sich abspielte, sobald es an der Zeit war, zur Ruhe zu finden: Sie drehte sich dreimal um die eigene Achse, legte sich auf ihre Decke und rollte sich zusammen. Zunächst. Nach ein paar Minuten erhob sie sich wieder und begann, die Unterlage erst einmal mit den Vorderpfoten zu traktieren und zu einem wahren Deckenberg zusammenzuscharren, um sie dann mit Schnauze und Zähnen in die gewünschte Form zu ziehen. Nestförmig meist, mit einem Wulst, auf dem sie ihren Kopf ablegen oder einem Faltenwurf, in dem sie ihre Schnauze vergraben konnte. War sie fertig, vielmehr, erachtete sie ihr Lager als ihren Vorstellungen gemäß, setzte sie sich noch einmal stolz auf ihre Hinterläufe und blickte, wie Beifall suchend, zuerst zu Großvater und dann zu mir, als wollte sie sagen: „Seht her! So sieht ein ordentlicher Schlafplatz aus!“ Dann gähnte sie herzhaft und ließ sich, als sei in genau diesem Augenblick jegliche Kraft aus ihr gewichen, auf ihr Bett fallen.

Manchmal indes missriet ihr Vorhaben, und sie kam auf dem blanken Boden zum Liegen, die Decke vor sich und die Schnauze gerade noch auf einem letzten Zipfel davon gebettet. Doch auch in solchen Situationen blickte sie mich geradezu triumphierend an und stieß, selbst so unbequem liegend, noch einen wohligen Seufzer aus, bevor sie einschlief.

Eines Abends berührte mich ihr außergewöhnlich lang andauerndes und aus meiner Sicht extrem erfolglos verlaufendes Bemühen um den perfekten Schlafplatz besonders schmerzlich. Ich konnte nicht anders, ich musste meinen Tränen freien Lauf lassen, als die Kleine mich, einen unmöglich zum Schlafen nutzbaren Deckenwust vor sich, zufrieden ansah, sich auf den harten, feuchten Boden fallen ließ und sich zu einem Fellbündel zusammenrollte.

„Warum weinst du denn?“, fragte Großvater besorgt und überrascht ob meiner plötzlichen Gefühlsregung.

„Sieh doch, was sie gemacht hat!"

„Ja und, was hat sie denn gemacht?"

„Die ganze Decke hat sie beiseite geschoben. Wie soll sie denn so schlafen können, auf dem blanken, kalten Stein? Was, wenn sie sich erkältet? Darf ich ihr nicht helfen?"

„Aber weswegen? Wirkt sie unglücklich? Ich glaube, sie ist ganz zufrieden mit dem, was sie erreicht hat. Und wenn nicht, wird sie es ändern."

Bestimmt hatte Großvater recht, aber beruhigt war ich nicht ob dieser Aussage. Die Kleine tat mir furchtbar leid, obwohl sicher tatsächlich kein Grund dazu bestand, sie zu bedauern.

Irgendwann in der Nacht muss sie ihr Nest im Übrigen auf ein Neues bearbeitet haben, denn als ich erwachte, wie fast immer vor ihr, und zu ihr hinüberblickte, lag sie auf einem geradezu perfekten Lager.

Unsere vierbeinige Begleiterin war übrigens von uns dreien, nur nebenbei erwähnt, diejenige, die morgens grundsätzlich am längsten schlief. Erst nachdem Großvater und ich unsere Schlafplätze bereits geräumt hatten, ich die Decken und mein kleines Kissen im Rucksack verstaut und Großvaters Rollstuhl mit unseren wenigen gemeinsamen Habseligkeiten bepackt hatte, erst dann war auch sie bereit, den Tag zu beginnen. Dann stand sie auf, die Kleine, gähnte herzhaft, machte ihren obligatorischen Katzenbuckel und schüttelte sich heftig von den Ohren bis zur Schwanzspitze, so, als wolle sie sich von Schlaf und Müdigkeit befreien. Dann setzte sie sich vor Großvater, wedelte freudig mit dem Schwanz und wartete neugierig auf seine Ansage. Um gleich darauf, stolz und zu allem bereit, uns ein paar Schritte voraus, in die ihr vorgegebene Richtung zu marschieren. Ich folgte den beiden kurz darauf, nachdem ich auch die Decke der Kleinen in meinem Rucksack verstaut hatte.

Viel, unglaublich viel habe ich in all den Jahren in meinem Lexikon gelesen. Auch von der Ernährung, die Hunde benötigen, und davon, dass sie Fleischfresser sind und pflanzliche Nahrung in geringen Mengen und lediglich ergänzend zu sich nehmen. Da fragte ich mich schon so manches Mal, wann und vor allem, was die Kleine wohl fraß. Wo sie fand, was sie benötigte. Ob sie sich ihr Futter selbst besorgte oder Großvater ihr behilflich war? Ich weiß es bis heute nicht definitiv. Vermutlich erledigten die beiden das auf ihren Streifzügen ohne mich, wenn sie mich zurückließen auf unserem jeweiligen Rastplatz.

Vielleicht wollte Großvater mir ersparen mit anzusehen, wie die Kleine nach Ratten und Mäusen jagte, sie fing, tötete und gierig verschlang. Doch ich war nie so weich und so naiv, wie er manchmal glaubte und mich möglicherweise gerne gehabt hätte. Meine Vorstellungsgabe reicht durchaus, mir alle möglichen Szenarien vor Augen zu führen, auch hinsichtlich der Fressgewohnheiten eines Hundes.

Und nein, meine Liebe zu der Kleinen wurde deswegen nicht geringer.

Großvater und die Kleine: Sie beide waren so unglaublich wichtig für mich und meine Entwicklung zu dem, der ich heute zu sein meine.

Großvater lehrte mich, die wahren Gaben des Menschseins zu erkennen, zu schätzen und mir zunutze zu machen. Er gab mir Erinnerung, er gab mir Menschlichkeit, er gab mir Wissen und das Rüstzeug, mein Gehirn so zu nutzen, wie es ausschließlich uns Menschen gegeben ist. Er erklärte mir, was Liebe ist, was Zuneigung bedeutet, Familie und Freundschaft – doch für die Umsetzung dieses Wissens, dessen bedurfte es der Kleinen.

Großvater wusste alles, konnte alles, kannte alles. Doch Liebe zu geben im ganz praktischen Sinn, sich ab und zu gehen zu lassen, sich treiben zu lassen von positiven Gefühlen und Empfindungen, das war ihm fremd. Vielleicht war das anders gewesen, als er noch in der Welt dort oben hatte leben dürfen. Vielleicht hatte der Rollstuhl damit zu tun, vielleicht war es immer schon so gewesen. Ich weiß es nicht. Und, um ehrlich zu sein, ich glaube, ich will es gar nicht wissen.

Diesen Menschen, dem ich mein eigenes Menschwerden zu verdanken habe, zu bewerten, steht mir nicht zu, und schon gar nicht, ihn, in welcher Form auch immer, zu verurteilen. Er war seit dem Moment, da wir uns das erste Mal sahen, zum Fixpunkt meines Lebens geworden. Und das wird er für alle Zeiten bleiben, in meiner Erinnerung, in meinem Denken, in meinem Tun und Lassen. Und dennoch: wäre seine Existenz für mich nicht unzertrennlich mit der Existenz der Kleinen verbunden, es hätte mir etwas elementar Wichtiges gefehlt.

Großvater brachte mir die Liebe nahe und erklärte mir deren Bedeutung mit vielen großen, gewichtigen Worten. Die Kleine indes zeigte mir schweigend und ganz schlicht in der ihr eigenen Art und Weise, was es heißt, Liebe zu geben und zu empfangen, anzunehmen und zuzulassen. Und das tat sie vollkommen unverfälscht. Im wahrsten Sinne des Wortes bedingungslos, ohne jeglichen Hintergedanken. So, wie zu empfinden es einem Menschen vermutlich nicht möglich ist. Ja, Großvater und die Kleine – was wäre ich ohne sie?

Meine Sinne und Gedanken kehren zurück in das Jetzt und Heute dieser Bibliothek. Ein schmales, unscheinbares Buch, es ist eigentlich nicht mehr als ein abgegriffenes Heft, erweckt meine Aufmerksamkeit.

Versteckt zwischen großer Literatur in den Regalen, fast verschämt, stach mir der schmale Rücken bereits einmal ins Auge, nämlich als ich meinen Blick zum ersten Mal über die unzähligen Bände schweifen ließ.

Nun nehme ich es in die Hand. Es ist kleiner als die meisten anderen Bücher, und viel dünner. Zunächst nichts als leere Seiten. Pergamentartiges, unbeschriebenes Papier. Und dann ein kurzer Text, eine Geschichte, in einer wunderbaren, altmodischen und mir doch sehr vertrauten, akkuraten und gleichmäßigen Handschrift niedergeschrieben. Das ist der Inhalt dieses Büchleins.

„Mein Traum von dir und mir" – so lautet der Titel des Textes.

Großvater? Hast du sie verfasst, diese Geschichte? Ist es deine Geschichte? Die Geschichte deiner Liebe? Beschreibst du in diesen Zeilen den Menschen, nach dem du dich all die Jahre gesehnt hast? Um den du Tränen vergossen hast in schlaflosen Nächten? Ist dieser Mensch etwa die nackte Frau auf der Schwarz-Weiß-Fotografie? Die fröhlich lachende junge Frau, von der nur ein einziges Bild in den Familienalben im Bücherregal existiert?

Ich komme nicht umhin, sie zu erzählen, diese Geschichte, die in dem dünnen Buch festgehalten wurde, von dir oder von wem auch immer.

Es ist in Ordnung, dass ich das tue, Großvater, oder?

„MEIN TRAUM VON DIR UND MIR“

Erinnerst du dich daran, wie es war, auf den Tag genau heute vor 25 Jahren? Für mich begann damals ein seltsamer, nein, ein schöner Traum, mein Traum von dir und mir …

Du liefst mir buchstäblich in die Arme, vielleicht tatsächlich wegen des Einkaufszettels, den du beim Verlassen deiner Wohnung in eine der vielen Taschen deiner Jacke gesteckt hattest und nun verzweifelt suchtest. Das hast du zumindest behauptet, damals vor 25 Jahren. Ich wiederum war eben aus der Türe des Haus getreten, in dem mein kleines Fotostudio lag, und sah einer Frau nach.

Nein, nicht in der Absicht, die du mir damals unterstellt hast. Es war eine junge Frau, das schon, und sie war möglicherweise auch hübsch. Ihr Aussehen war aber nicht der Grund, weshalb sie meine Aufmerksamkeit erregte.

Nein, sie schob einen Kinderwagen vor sich her, an dessen Griff ein Hund mit einer viel zu kurzen Leine befestigt war. Es war ein kleiner Hund, der mich sofort an all die Hunde erinnerte, die mich während meiner Kindheit und Jugend begleitet hatten. Er lief brav, geradezu herzzerreißend aufmerksam und eifrig neben dem Kinderwagen her. Wollte nichts falsch machen, der kleine Kerl, das sah man ihm auf den ersten Blick an. Wollte seinem Frauchen gefallen – und vielleicht hat er auch gehofft, so ein wenig Aufmerksamkeit zu bekommen, was ihm ganz offensichtlich nicht gelang. Denn sobald er, selten genug, hier und da zu schnuppern versuchte, wurde er ohne Rücksicht auf sei-

ne Bedürfnisse von der straff gespannten Leine mitgezerrt. Er hatte keine Chance – weder, um auf sich aufmerksam zu machen, noch um seinen Gepflogenheiten als Hund nachzukommen. Er tat mir in der Seele leid.

Ja, ihm sah ich eigentlich hinterher, nicht der Frau, die so unbarmherzig umging mit dem ihr anvertrauten Tier. Blickte dem Gespann nach, bis es an der nächsten Kreuzung abbog. Als ich mich umwandte, warst du da, und wir prallten förmlich, im wahrsten Sinne des Wortes, aufeinander.

Das Erste, was mir an dir auffiel, als ich dich für den Bruchteil einer Sekunde festhielt, um deinen Sturz zu vermeiden, war der Duft, der dir anhaftete. Mein Magen schlug einen Salto, dann kreuzten sich unsere Blicke und mein Gehirn spielte verrückt.

Wie kam es, dass wir uns da auf der Straße unterhielten, als würden wir uns bereits seit Ewigkeiten kennen? Wie kam es, dass ich den Mut aufbrachte, dich zu fragen, ob du bereit wärst, mir für Fotoaufnahmen Modell zu stehen? Und wie kam es, dass, oh Wunder, du einwilligtest? „Gleich oder gar nicht" lautete deine Bedingung, und nur ein einziges Foto wolltest du mir gewähren. Also gingen wir tatsächlich in mein Studio hinauf.

Eigenartig. Wenn ich jetzt daran zurückdenke, kann ich nicht verstehen, wie es dazu kam. Wir zwei, du und ich, die wir uns noch nicht einmal eine halbe Stunde kannten, oben in meinem Atelier.

Woher stammte dein Vertrauen einem gänzlich Fremden gegenüber? Was hat dich dazu bewegt ihn zu begleiten in dessen Räume, ja, dich vor ihm zu entblößen für eine Fotografie?

Du hattest nichts dagegen, dich nackt fotografieren zu lassen. Warst frei von Angst, Bedenken und Hemmungen. Und es blieb in der Tat bei diesem einen Foto, neben dem anderen natürlich, dem, das ich von uns beiden machte, als wir eine halbe Stunde später auf die Straße zurückkehrten. Lachend und uns in den Armen haltend wie ein verliebtes Pärchen.

Und weißt du noch, wie nah wir uns waren, als wir nach unserem schicksalhaften Zusammentreffen in dem kleinen Café saßen? Als wären wir seit Ewigkeiten Freunde! Schnell, vielleicht zu schnell, stellten wir fest, dass wir auf den Tag genau gleich alt sind, erinnerst du dich? Wir hatten beide unseren 25. Geburtstag vor uns. Ein Tag noch, ein einziger Tag – und wir beschlossen, uns exakt 25 Jahre später an diesem Ort wiederzusehen.

„Lass uns am Tag vor unserem 50. Geburtstag noch einmal hier treffen!", hast du damals vorgeschlagen, und wir begannen uns auszumalen, was bis dahin aus uns geworden sein mochte.

Wir alberten herum und lachten ob der Vorstellungen bürgerlicher Spießigkeit, die uns in damals noch ferner Zukunft erwarten sollte. Ich hielt unser Gespräch bis dahin für die Vorstufe eines Flirts, nichts weiter. Bis du plötzlich ernst wurdest: „Ich will deinen vollständigen Namen nicht wissen, und du wirst von mir nichts erfahren, anhand dessen du mich irgendwann finden könntest. Immerhin, du hast die beiden Fotos von mir. Und ich die Adresse deines Studios. Aber wir werden uns in den kommenden 25 Jahren nicht noch einmal begegnen, verstehst du? Denn würden wir uns vor Ablauf der Zeit wiedersehen, wäre das Experiment gescheitert. Bis zu unserem erneuten Treffen werden wir voneinander nichts mehr hören, um dann umso mehr berichten zu können von dem, was uns in all den Jahren widerfahren sein wird. Und dann werden alle wichtigen Entscheidungen unser beider Leben gefallen sein. Vieles von an dem Tag noch nicht Erreichtem wird für immer unerreichbar bleiben. Noch nicht eingegangene Partnerschaften werden sich nicht mehr finden. Erwartungen werden enttäuscht und unsere heutige Unbeschwertheit wird dahin sein, als hätte es sie nie gegeben. Gefühle, Lust und Leidenschaft werden zu verblassen beginnen, abgeschliffen vom Trott des Alltags und jahrelanger Gewohnheit. Unsere Träume von heute, sie werden zerplatzt sein wie Seifenblasen, und das Wissen um die Vergänglichkeit des Lebens wird uns ernst und gewissenhaft gemacht haben. Wenn nicht gar ein wenig schwermütig."

An der Stelle hast du innegehalten und mir tief in die Augen geschaut.

„Ja, was wird sein in 25 Jahren? Werden wir feiern, so fröhlich und vergnügt, wie wir es morgen tun werden? Und wenn – mit wem? Welche Verletzungen werden wir bis zu dem Tag davongetragen, wie viele Siege errungen und was für Niederlagen erlitten haben, während unzähliger kleiner und großer Kämpfe des Alltags? Von welchen Narben werden unsere Körper und Seelen gezeichnet sein? Und werden diese Narben nach all den Jahren noch immer

schmerzen? Wie oft werden wir enttäuscht worden sein bis zu unserem Wiedersehen, und wie viele Menschen werden wir bis dahin betrogen und hintergangen haben? Welche Chancen werden von uns ungenutzt verstrichen sein und wie viele unserer Ziele werden wir verfehlt haben? Und letztendlich: Werden wir, sei es möglicherweise auch noch so tief verborgen in uns, noch immer die zwei Menschen sein, die wir heute zu sein glauben?"

Du hast Fragen gestellt, auf die ich damals keine Antworten fand und finden konnte. Aber ein jedes deiner Worte blieb in mir haften, als wäre es in Stein gemeißelt. Doch nicht nur deine Worte, nein, alles von dir blieb in meinem Gedächtnis konserviert bis heute: deine Stimme, dein Duft und deine Augen ohnehin, aber auch dein Lachen, deine Bewegungen, deine Ängste und Bedenken, deine Pläne und Hoffnungen.

Wir waren 25 Jahre jung, das ganze Leben lag vor uns, so meinten wir, ein Leben, das schier endlos schien. Und was wurde daraus? Heute ist es so weit: 25 Jahre, unwiederbringlich vorbei! Der Tag unseres Wiedersehens ist tatsächlich gekommen. 50 – und nun?

Was sehe ich, wenn ich in den Spiegel blicke? Die Haut wird schlaff, die Muskulatur wandelt sich in Fettgewebe und der Körper verliert seine Konturen. Das Haar lichtet sich, und das, was davon noch übrig ist, wird grau. Und die Augen? Sie haben ihre Neugier auf das Leben, den Wunsch nach immer Neuem, schon lange verloren.

Aber das sind nur Äußerlichkeiten. Viel bemerkenswerter ist das, was im Inneren vor sich geht: Einstige Ab-

nung, was es bedeutet, alt zu werden, ein fast nicht wahrnehmbarer Schatten wird mehr und mehr zu Gewissheit. Die Gelenke schmerzen, die tägliche Müdigkeit nimmt zu und die Kräfte schwinden. Das Vergessen wird häufiger, Ängste bleiben und hinterlassen immer tiefere Spuren. Das Wissen, die tägliche Bestätigung, dass es beharrlich bergab geht, dass Körper und Geist nachlassen, beginnt uns zu lähmen und zehrt an den weniger werdenden Energiereserven von Körper und Geist.

Und nicht zuletzt: Kein Gefühl des Verliebtseins mehr, vielmehr das unbarmherzige Wissen, dieses wohl nie mehr zu verspüren. Stattdessen, und auch nur mit viel, mir nicht zuteil gewordenem Glück, eine Vertrautheit mit dem jahrelangen Partner, die ein gewisses Maß an Geborgenheit gibt, zumindest suggeriert.

Kalte Finger der Angst greifen nach mir, und ich, ich kann mich nicht dagegen wehren, so wie ich mich gegen nahezu nichts mehr zu wehren vermag seit unserer damaligen Begegnung.

Aber du weißt nichts von dem, was danach geschah, so wie ich nicht weiß, wie es dir erging während all der Jahre. Was bleibt, ist die Hoffnung. Immerhin.

Werden wir uns wiedererkennen? Werde ich in dir die junge Frau wiederfinden, die ich so lange Zeit in meinem Gedächtnis bewahrt habe? Oder wirst du mir fremd sein, ein Mensch wie tausend andere, vom Leben gezeichnet, in positivem wie in negativem Sinne?

Ich bin mir nicht einmal mehr sicher, ob du wirklich kommen wirst. Warte ich letztlich vergebens auf dich?

Ich würde verstehen, wenn du unsere heutige Verabredung vergessen oder zumindest verdrängt hättest – und damit die Erinnerung an mich. Für dich war es vielleicht nur eine spontane Idee, aus dem damaligen Moment geboren, mich heute, einen Tag vor unserem 50. Geburtstag, noch einmal treffen zu wollen. Ein launiger Impuls des Augenblicks, fortgespült vom Lauf des Lebens, mehr nicht. Aber für mich? Für mich war die Aussicht auf diesen Tag der Anker, der Fixpunkt vieler Jahre. Ob du das willst oder nicht. Ob du es glaubst oder nicht.

Die Angst, jetzt kriecht sie meine Beine empor. Noch kann ich sie nicht spüren, noch nicht, und doch weiß ich, dass sie da ist. Spätestens, wenn sie in meinem Kopf und in meinem Gehirn angekommen sein wird, diese Angst, dann … Ja, was dann? Was werde ich dann tun? Mein Warten aufgeben? Mich auf den Weg nach Hause machen, um ihn weiterzuträumen, meinen Traum von dir und mir?

Wer bist du? Wo lebst du und wie? Hast du den Mann erobert, von dem du damals schon schwärmtest, noch ohne ihn zu kennen? Hast du die Kinder geboren, nach denen du dich schon vor 25 Jahren sehntest? Ja, schon damals, dabei warst du noch so jung, viel zu jung …

Sicher hast du den richtigen Partner gefunden, gewiss deine Familie gegründet und ein gemeinsames, glückliches Heim erschaffen. Denn dein Leben ging ja weiter, nachdem wir uns vor dem Café trennten. Mein Dasein indes? Du wirst vielleicht zumindest erahnen können, was mit meinem Leben geschah, wenn du denn tatsächlich kommst, wenn du mich denn siehst und erkennst.

Nachdem wir uns voneinander verabschiedet hatten, war ich zurückgeblieben, versunken in Gedanken, verloren und verwoben in deine Fragen, die in mir nachhallten und nachwirkten, weil ich nach Antworten suchte, die es schlichtweg nicht gab. Du aber bist davongegangen und hast die Straßenseite gewechselt, ohne Gruß, ohne einen letzten Blick zurück, als wären wir uns nie begegnet.

Warum? Warum nur habe ich mich nicht einfach auch umgewandt so wie du? Nein, plötzlich überfiel mich der geradezu unbezwingbare Wunsch, dir zu folgen, dich aufzuhalten und dich zu bitten, ja, dich anzuflehen, unser Experiment nicht zu beginnen, sondern uns hier und jetzt und bedingungslos die Chance zu geben, einander kennenzulernen.

Damals, nicht irgendwann in einer viel zu fernen, unbestimmten Zukunft. Sehnsucht brach aus mir hervor, in einer mir bis dahin unbekannten Heftigkeit. Sie trat nach mir, sie schlug nach mir, sie biss so schmerzhaft zu, dass ich hätte aufschreien mögen, und mir wurde bewusst: Ich wollte dich nicht für 25 Jahre verlieren, ich konnte nicht eine halbe Ewigkeit auf dich warten und verzichten! Ich wusste, ja, ich wusste doch schon an diesem Tag, nach den viel zu kurzen Stunden mit dir, dass du, und nur du, die Frau meines Lebens wärst.

Deshalb rannte ich los, als du gerade noch auszumachen warst zwischen all den anderen Menschen auf der Straße, um dich einzuholen, dich aufzuhalten und in meine Arme zu nehmen.

Und dann? Ein Schlag, ein einziger, heftiger Schlag, und die Freude am Leben, die Neugier auf das, was noch kommen mag: dahin, als wäre alles Bisherige ein einziger, unnützer schöner Traum gewesen. Vermagst du dir es vorzustellen? Ich konnte es nicht, nein, wirklich nicht – bis zu jenem Moment.

Vermutlich hast du nichts mitbekommen von den quietschenden Reifen, dem dumpfen Aufprall, den entsetzten Schreien und den heulenden Martinshörnern. Vermutlich warst du wieder auf der Suche nach deinem Einkaufszettel, der noch immer irgendwo tief in deiner Jackentasche verborgen sein mochte, oder warst gefangen in dem Augenblick des Seins, Lichtjahre entfernt von unserer Begegnung, als der Lärm um mich herum losbrach.

25 Jahre sind seither vergangen, 25 Jahre, während derer mein Traum von dir und mir nichts als ein Traum blieb. Doch das Wissen um deine Existenz, die Erinnerung an dich, die Hoffnung auf unser Wiedersehen hier und jetzt und eben dieser lächerliche Traum von dir und mir war und ist alles, was mich am Leben hält, seit genau 25 Jahren. Heute also ist es so weit: Die Zeit des Wartens ist vorüber – und nun?

So sehr ich diesen Tag auch herbeigesehnt habe all die Jahre, so sehr ich darauf gewartet habe: Wer du damals in Wirklichkeit warst, wer du heute bist – will ich es wissen, will ich es wirklich wissen? Sofern es dich überhaupt noch gibt in dieser Stadt, in diesem Land, auf dieser Welt: Vielleicht wäre es das Beste, du kämst nicht. Vielleicht wäre es gut, du würdest mich nicht hier in meinem Rollstuhl sehen. Dann müsste ich nicht den entsetzten Aus-

druck in deinen Augen ertragen, falls du mich überhaupt erkennen würdest.

Immerhin, eine Möglichkeit bleibt mir, jetzt und hier: Wenn ich nicht länger warten würde, wenn ich mich unserer Begegnung entzöge, ja dann und nur dann gelänge es mir vielleicht tatsächlich, ihn zu Ende zu träumen, meinen Traum von dir und mir."

Damit endet diese kleine, wunderliche Geschichte. Und ich frage mich: Ist sie, diese Frau aus der Geschichte, die Unbekannte? Sind das Schwarz-Weiß-Foto aus dem Notizbuch und das Bild in dem Album die einzig existierenden Zeugnisse davon, dass es die in der Geschichte beschriebene Frau tatsächlich gegeben hat in Großvaters Leben? Ich fürchte, ich werde es nie erfahren.

Meine Hand findet die wie selbstverständlich neben mir liegende Kleine. Sie zu berühren, die Wärme zu spüren, die von dem kleinen Geschöpf ausgeht, ist tröstlich, sehr tröstlich, bedeutet es doch, nicht allein hier zu sein, an diesem Ort. Natürlich bin ich das nicht, durchströmt doch Großvaters Anwesenheit jeden Winkel des Hauses, jeden einzelnen Gegenstand. Und doch macht es mich so unsagbar glücklich, dieses lebendige Wesen an meiner Seite zu wissen.

Bevor ich einschlafe, erschöpft von all den Emotionen, die während des Lesens der Geschichte in mir erwacht sind, danke ich Großvater dafür, dass er mir diese Begleiterin ein zweites Mal geschenkt hat.

MORGEN

Gibt es solch eine Situation wirklich? Eine Szene, eine Begegnung, die man genau so – in einer anderen Zeit, in einem anderen Umfeld und unter vollkommen anderen Umständen, vielleicht sogar in einem anderen Leben – bereits einmal erlebt hat?

Indes: Was soll die Frage? Wer wüsste eine Antwort? Und gäbe ich mich damit zufrieden?

Natürlich handelt es sich bei dem nächtlichen Schatten um einen Hund, der mich in Großvaters Bibliothek aufgespürt, der mich mit seiner Zunge aus unruhigen Träumen erweckt hat und der seither immer öfter, immer direkter und immer intensiver den Kontakt zu mir sucht. Dieser Hund ähnelt sehr der Kleinen, sowohl in ihrem Aussehen als auch in ihrem Verhalten. So sehr, dass ich mich in meiner Überzeugung, nämlich der Existenz von Ereignis- oder Personenduplizität, bestätigt fühle.

Sie sieht nicht nur so aus wie die Kleine, diese Hündin, nein, sie fühlt sich auch genauso an. Kräftiges, fast schon borstiges Fell. Eine sanfte, warme Zunge, Ohren so weich, als wären sie nicht echt. Dazu ein Wille, der sich über meinen erhebt. Nicht respektlos, nicht fordernd oder gar bedrängend, das nicht. Aber sie hat ihren Willen, zu kommen und zu gehen, wann immer es ihr beliebt. Und sie richtet sich nicht nach meinen Befindlichkeiten.

„Kleine“ – ich kann sie nicht anders nennen als meine jahrelange Begleiterin in einer anderen Zeit, einer anderen Welt. Und es scheint bereits beim ersten Mal, da ich sie so nenne, als wüsste sie, dass ich genau sie meine.

Der einzige Unterschied zu damals, in der Dunkelheit der Unterwelt, besteht, zumindest bisher, darin, dass niemand da ist, der unsere gegenseitige Zuneigung reglementiert oder gar beschneidet.

Von Tag zu Tag werden wir vertrauter miteinander. Vielmehr von Nacht zu Nacht, denn untertags ist sie verschwunden und nicht auffindbar. Weder in einem der Wohnräume, noch unter dem Schrank im Keller, wo ich sie zum ersten Mal erspäht hatte. Wohin sie mit dem heraufdämmernden Morgen geht? Wie sie das Haus verlässt? Warum sie jede Nacht wieder zu mir zurückkehrt? Ich weiß es nicht. Da ist zwar eine Ahnung, vielmehr eine Hoffnung, doch die will ich nicht wirklich aufkeimen lassen. Zu groß wäre die Enttäuschung, die geradezu zwangsläufig folgen müsste.

Wenn der Abend kommt, nähern sich auch die Stunden meiner größten Ängste. Wobei die Dämmerung doch das längst so liebgewonnene Klackern der Hundepfoten auf dem Holzboden mit sich bringt und die behutsame Annäherung meiner neuen Begleiterin. Aber ich kann mich nicht anfreunden mit dieser Tageszeit, ganz und gar nicht. Obwohl Großvater gerade diese Stunden so sehr liebte.

„Weißt du, was mir mit am meisten fehlt, mein Junge? Das sind die Sonnenuntergänge, und mit ihnen die Gewissheit, dass ein Tag gut zu Ende gebracht wurde. Ach, wenn du nur wüsstest, was für ein Empfinden es ist, sich in solchen Momenten auf den Boden zu setzen, Gras unter sich zu spüren und Erde, und die Wärme des Tages, und die Ruhe vor der anstehenden Nacht ..."

Ja, Großvater. Ich kenne diese Phase inzwischen, die Zeit zwischen Tag und Nacht, zwischen Leben und Tod. Diese Stunden sind für mich zu den schlimmsten auf dieser Welt geworden. Ist das nicht geradezu dramatisch? Ausgerechnet die Stunden, die du am meisten mochtest, die dir am wertvollsten waren, sind mir die schwersten.

Doch wer weiß? Vielleicht entstammte deine Sehnsucht nach diesen Momenten der Tatsache, dass es in der Welt dort unten keinen natürlichen Wechsel der Tageszeiten mehr gibt? Eine Art Glorifizierung dessen, was man zwar kennt, aber nicht mehr besitzen kann?

Ja, die Phase, da der Tag der Nacht zu weichen beginnt, da die Ahnung der Schwärze aufkommt und immer mehr zur Gewissheit wird, sie ist tatsächlich am unerträglichsten für mich. Jeden Tag aufs Neue, ohne dass ich mich daran gewöhnen könnte.

Dann sitze ich da, lege das Buch beiseite, in dem ich gerade blättere, oder stelle die Musik ab, der ich lausche, und das heulende Elend überkommt mich. Die Gewissheit, dass ein Tag vorübergeht und zugleich die Ungewissheit, was die kommende Nacht und damit der folgende Tag mit sich bringen mögen, stürzen mich in tiefe Verzweiflung und Ängste. Dann sitze ich da, versinke in meiner Sehnsucht nach dir, Großvater, nach deiner Nähe, nach deiner Klugheit, und scheitere an mir und meiner Unfähigkeit, etwas aus dem Geschenk zu machen, das du mir mitgabst in deinem Tod: Das Leben jenseits der Dunkelheit.

Wahrhaftig – wahr – Wahrheit …

Was ist die Wahrheit? Ist es das, was ich hier erlebe, im Wechsel von Licht und Dunkelheit, gänzlich allein und jenseits meines bisherigen Daseins? Oder das, was ich von unten kenne? Das, was ich bisher als Leben empfand? Oder etwa das, was Großvater mir als Leben beschrieben hat, und das ich hier angeblich finden soll, falls ich mich endlich dazu aufraffen könnte, mich auf die Suche danach zu machen?

„Großvater? Was ist ‚die Wahrheit'?"

Oft lag mir diese Frage auf der Zunge, doch irgendetwas hielt mich lange Zeit davon ab, sie zu stellen. Doch eines Tages wagte ich es. Und was kam als Antwort? Ach Großvater, ich werde nie vergessen, wie enttäuscht ich war ob deiner Worte. Du, der du mir doch alles zu erklären vermocht hast, konntest mir nichts auf den Weg geben als die Worte eines Mannes, dessen Name mir nichts sagte. Ich war so enttäuscht, dass ich diesen Menschen nicht einmal im Lexikon nachschlug. Ich wollte nicht wissen, wer derjenige war, auf den du dich berufen hast, anstatt mir mit eigenen Worten zu beschreiben, was du ausdrücken wolltest.

„Ich weiß es nicht, mein Junge. Ich weiß es wirklich nicht. Und ich bin froh um meine Unwissenheit, denn wie sagte André Gide, ein sehr kluger Mann seiner Zeit? *Glaube denen, die die Wahrheit suchen, und zweifle an jenen, die sie gefunden haben.* – Damit halte ich es auch, Junge, und ich meine, damit gut zu fahren. So bleibt zumindest die Hoffnung, die Wahrheit wäre die, die ich mir erträume."

Die Wahrheit und die ewig unvollendete Suche danach. Ist das tatsächlich die Lösung? Immer auf der Suche zu sein? Niemals am Ziel anzukommen? Immer zu zweifeln, nie Gewissheit zu erlangen? Ich kenne die Antwort nicht, ich zweifle.

Großvater wäre stolz auf mich.

Und irgendwann, in all den Tränen und erschöpft von meiner täglichen Zerrissenheit, gefangen in meiner Untätigkeit, die wohlige Wärme dieser neuen, anderen Kleinen und ihren regelmäßigen Atem an meiner Seite verspürend, falle ich Abend für Abend in tiefen, traumlosen Schlaf.

Das Haus: Ich bin inzwischen sicher in den Räumen und fühle eine Geborgenheit, die ich bislang nur in der direkten Nähe zu Großvater und der Kleinen verspürt habe. Seit die beiden mich verlassen haben, war mir dieses Gefühl fremd geworden. Bis ich hierher kam, in die Räume dieses Hauses. Vor allem während der Stunden in der Bibliothek mit all ihren Kostbarkeiten verspüre ich die Geborgenheit, da ich nicht genug davon bekommen kann, die Bücher in die Hand zu nehmen, in ihnen zu blättern, an ihnen zu riechen. Dabei wird mir jedes Mal aufs Neue bewusst: Sie alle hielt Großvater irgendwann in seinen Händen, sie alle hat er gelesen.

Noch fehlt mir die Geduld, mich mit einem der über eintausend Bände eingehender zu beschäftigen als nur ein paar wenige Absätze oder Seiten darin zu lesen. Lediglich das eine, das ganz dünne Büchlein mit den wenigen von Hand beschriebenen Seiten habe ich zu Ende gebracht, und frage mich seither, ob es wirklich ein Ereignis aus seinem eigenen Leben war, das Großvater in den Text gefasst, ob diese Frau wirklich jemals real existiert hat und ob meine Vermutung richtig ist, dass es sich um die Frau auf den Bildern handelt. Oder ist es lediglich eine Geschichte, die ihm irgendwann eingefallen war? Er hat mir einmal gestanden, er selbst hätte auch Bücher geschrieben, Romane und Erzählungen, die er … egal!

Groß ist meine Angst, die Zeit liefe mir davon. Zeit, die ich im Grunde doch ausreichend haben sollte. Denn wer drängt mich? Und wozu? Weswegen sollte Zeit auf einmal von Bedeutung sein für mich? Nach all den Jahren, während derer „Zeit“ ein nicht wirklich greifbarer Begriff gewesen ist. So sehr Großvater sich auch bemüht haben mochte das zu ändern und ein Gefühl dafür in mir zu wecken, es war ihm nicht gelungen. Und nicht einmal die Uhr, dieses Wunderwerk der alten Technik, war dazu in der Lage.

Und dennoch: Natürlich wäre es wohl vernünftig, mich mit einem ersten Buch intensiv zu befassen und es vollständig, von der ersten bis zur letzten Seite zu lesen, dann mit dem nächsten und immer weiter so; aber manchmal ist die Vernunft eben nicht das Bestimmende, dem man folgt. Außerdem ist da ja noch die Musik in dem Zimmer nebenan.

Ähnlich wie bei den Büchern, wechsle ich die glänzenden Scheiben nach nur wenigen Minuten, sodass sich im Laufe der Stunden, die ich so verbringe, die einzelnen Lieder zu einem nahezu nicht mehr fassbaren, kaum noch zu bewältigenden Klangberg in meinem Kopf auftürmen, der mich dazu zwingt, die Stille wiederherzustellen.

Überhaupt, die Musik: Ich höre zum ersten Mal die Töne all der Instrumente, die Großvater mir beschrieben hat, und den Gesang von Menschen, die dies besser können als er. Lerne zu verstehen, was Rockmusik bedeutet, Klassik und Pop. Was Musik von Johann Sebastian Bach ausmacht, worin die Kraft der Stücke von *Genesis*, *Pink Floyd*, *R.E.M* und unzähligen anderen – zu Großvaters Zeiten noch oder schon modernen – Bands liegt, und worin die Magie, wenn Keith Jarrett sein Klavierspiel beginnt. Und dabei vermische ich alles, kann nicht bei einem bleiben, die Unruhe in mir, die Gier nach mehr und immer mehr und alles zur gleichen Zeit ist zu groß.

Ich weiß, Großvater würde mich tadeln dafür, würde mir erklären, dass dieses Verhalten vollkommen kontraproduktiv ist und das Gegenteil dessen bewirkt, was ich erreichen will.

Nichts, aber auch gar nichts wirst du am Ende deines Aufenthaltes hier von all dem verstanden haben, wenn du tatsächlich weiter so vorgehst!, vernehme ich seine Stimme, klar und deutlich – und dennoch, was hilft es? Ich kann eben nicht anders.

Abends, wenn die Dunkelheit durch die unsichtbaren Ritzen und Spalten in das Innere des Hauses eindringt, in dem Zeitraum zwischen Tag und Nacht, da werden die Zweifel an meinem Handeln und Tun besonders schmerzhaft. Doch wen könnte ich denn fragen, ob das, was ich mache, richtig ist?

Tag um Tag verrinnt, ohne dass ich tatsächlich etwas tun könnte. Ich sitze in dem Haus, hin- und hergerissen zwischen all den Büchern und noch mehr Musik, und weiß doch, dass nicht nur diese Werke es sind, die mich schier erdrücken in ihrer Fülle und Wucht. Ich weiß vielmehr, dass auch da draußen, jenseits der Mauern, eine Welt auf mich wartet, die von mir erforscht werden will.

Was aber ist es, das mich lähmt? Mir Angst einflößt? Was ist es, das mich zur Untätigkeit verdammt?

Wenn ich es nur wüsste.

Jeden Morgen beginnt das immer gleiche Spiel: Die Kleine verlässt ihren nächtlichen Lagerplatz an meiner Seite und verschwindet. Ich folge ihr schon lange nicht mehr, weiß ich doch zu genau, dass sie mir entwischt, egal, wie aufmerksam ich auch sein mag.

Ich bin allein. Stehe auf und suche auf meinem Weg in die Bibliothek das Bad auf. Ja, inzwischen verstehe ich sogar, weswegen Großvater gerade von diesem Zimmer so schwärmte. Ich habe im Laufe der Tage herausgefunden, dass das Wasser, wenn man an den silbernen Hebeln zieht und dreht, nicht ausschließlich kalt heraussprudelt.

Je nachdem, wie weit nach links oder rechts man den Hebel bewegt, ist es kalt, lauwarm oder richtig heiß. Und wie herrlich ist es, warmes Wasser auf der Haut zu spüren! Auf den Armen, im Gesicht, an den Beinen. Fast so schön wie die Berührung von Sonnenstrahlen, bin ich versucht, zu behaupten.

Sogar den Gang in den gläsernen Kasten habe ich nochmals gewagt – und siehe da: Es ist wunderbar. Selbst der Spiegel macht mir keine Angst mehr. Längst weiß ich, dass ich es bin, der mir da entgegenblickt. Das rundliche Gesicht mit den großen blauen Augen unter dichten Brauen, die etwas breite Nase, der schmallippige Mund, die widerspenstig abstehenden, struppigen braunen Haare – das bin eben ich.

Dann betrete ich das Zimmer nebenan, stelle mich vor das Bücherregal, nehme einen einzigen Band heraus, den ich mir für diesen Tag vornehmen möchte. Gehe in das Musikzimmer, wähle eine einzige CD, die ich an diesem Tag anhören will, und suche danach die Küche auf.

Es ist schon seltsam: Seit ich hier, in dieser anderen Welt, bin, verspüre ich nicht das geringste Hungergefühl. Zumindest keinen Hunger im körperlichen Sinn. Obwohl Großvater mir vorgeschwärmt hat von all den Dingen, die es zu essen gäbe, von all den unterschiedlichen Geschmacksrichtungen und Gerüchen, die er, wie er sagte, so sehr genoss.

Nein, ich habe keinen Hunger. Ich trinke von dem Wasser, das in Bad und Küche verfügbar ist, und genieße seinen Geschmack nach Klarheit und Frische, der so gar nichts zu tun hat mit der dumpfen Modrigkeit des Unterweltwassers. Ab und zu bediene ich mich des Rucksackinhalts, doch auch das wird weniger und seltener, je weiter ich mich in die Welt der Bücher und der Musik vertiefe.

Ich betrete die Küche allein deshalb, um einen Blick aus dem Fenster zu werfen – das einzige, dessen Jalousie geöffnet war, als ich das Haus betrat, und dabei beließ ich es auch. Ich starre also aus diesem Fenster in den Garten hinaus und auf die angrenzenden Wiesen dahinter, die in der Ferne gesäumt sind von dem Wald, aus dem heraus ich mich vor gefühlten Ewigkeiten dem Haus genähert hatte. Wie froh ich bin, dass das Grundstück hier, an der der Siedlung abgewandten Seite, nicht von der grünen, beengenden Wand aus Bäumen begrenzt wird.

Selbst durch die geschlossene Scheibe vernehme ich die Gesänge der unermüdlichen Vögel, und ich stelle mir den Weg vor, den ich nach der Lektüre des Buches und den Klängen der Musik gehen werde, als Tagesabschluss sozusagen. Vielleicht mitten hinein in den Sonnenuntergang. Und dann würde ich, genau wie Großvater es mir beschrieben hat, auf der Wiese sitzen, das leicht feuchte Gras und die von der Sonne gewärmte Erde unter mir spüren und den Tag Revue passieren lassen, zufrieden mit dem, was ich erlebt und erreicht hätte.

Ja, so sollte es sein, so stelle ich es mir jeden Morgen vor. Und doch beginnt mit dem Betreten der Bibliothek das Zaudern und Zögern von Neuem. Ich nehme nicht ein einzelnes, nein, ich nehme mehrere Bücher aus den Regalen. Bücher, zwischen denen ich mich später, diesen Entschluss fasse ich zumindest, entscheiden will. Dann gehe ich in das Musikzimmer und wähle letztendlich ein ganzes Dutzend dieser glänzenden Scheiben in ihren bunten Hüllen aus. Lege die erste ein, höre ein Lied an, oft nicht einmal bis zu seinem Ende. Bis mich erneut Unruhe befällt. Und ich kehre zurück in das Lesezimmer. Nehme das erste der ausgewählten Bücher in die Hand, lasse meine Finger über die Seiten fahren, beginne zu lesen, drei, vier, fünf Absätze, je nachdem.

Doch ich vermag mich nicht zu konzentrieren auf das, was da geschrieben steht, und so lege ich es wieder beiseite. Stehe in der Küche am Fenster und blicke hinaus, voller Angst und voller Sehnsucht zugleich. Wähle einen immer anderen Weg da draußen, den zu gehen ich mir vornehme, und von dem ich jetzt bereits weiß, dass ich ihn auch an diesem Tag nicht gehen werde.

So verhält es sich tagein, tagaus. Die Unruhe frisst mich fast auf, bis auch der letzte Lichthauch eines jeden Tages sich verflüchtigt hat und die Kleine sich ankündigt, mit dem „Klack-klack-klack“ ihrer Krallen auf dem Fußboden.

Dann lege ich mich nieder und stelle mich schlafend, auf dass sie möglichst schnell zu mir kommt und mit ihr Ruhe in mir einkehrt.

Doch bevor es so weit ist, bevor die Ruhe Besitz von mir ergreift, sind Erinnerungen meine einzigen Besucher, und die unzähligen Gespräche mit Großvater. Seine geduldigen Erklärungen, Schilderungen und Berichte hallen in mir nach. Unentwegt, unentwegt. Mit ihnen kommt Trost, sicherlich, aber auch Schmerz und Sehnsucht.

Was gäbe ich in diesem Augenblick dafür, das Leben allein hier oben, allein in dieser schönen Welt, wieder einzutauschen gegen das Leben dort unten, ohne Bücher, ohne Musik, ohne Tag und Nacht, wenn nur Großvater und die wahrhaftige Kleine bei mir sein könnten.

Feucht und warm fühlt es sich an – zuerst an meiner rechten Hand, dann den Arm hinauf, am Hals, im Gesicht. Direkt wohlig, angenehm, zärtlich.

„Kleine? Bist du das?“

Erstaunt öffne ich die Augen und blinzele. Helligkeit dringt durch die schmalen Ritzen der Jalousien.

Es ist Morgen. Und sie ist da, meine neue Begleiterin, die der aus der Unterwelt so sehr gleicht. Ich muss wohl nochmals eingeschlafen sein, nachdem ich in der aufziehenden Dämmerung die Hundeschritte registriert hatte, die sich langsam entfernten.

Aber das Gefühl der Zunge auf meiner Haut entstammt keinem Traum. Ich sehe mich um, und tatsächlich: Sie sitzt vor mir. Die bisher im Dunkel der Nächte schemenhaften Nuancen ihres Körpers sind zu greifbarer Materie geworden, aus den bloßen Andeutungen Sicherheit. Sie sitzt vor mir, als hätte sie mich niemals verlassen, die Kleine.

Mein Herz macht einen Sprung, als sie, mein Erwachen bemerkend, aufsteht und sich auf die ihr so eigene Art zu dehnen und zu strecken beginnt. Selbst die Ohren werden, wie damals in der Unterwelt, gleichsam von unsichtbaren Fäden in die Höhe gezogen.

Als ich mich aufsetze, wedelt sie mir kurz und freundlich zu und wendet sich Richtung Tür. Doch diesmal nicht, um ungesehen im Keller und von dort auf verschlungenen Pfaden in die Freiheit zu entfliehen. Nein, diesmal bleibt sie, dreht sich zu mir um und sieht mich auffordernd an. So als bäte sie mich geradezu, ihr zu folgen. Dann macht sie einen Schritt zurück in meine Richtung und bellt mich kurz an. Es ist das erste Mal, dass ich ihre Stimme vernehme. Und ich verstehe.

Im Freien muss ich kurz die Augen schließen, so hell ist das Licht. Ich bedecke sie mit meinen Händen und blinzle vorsichtig durch die Finger hindurch, um mich langsam daran zu gewöhnen. Die Sonne steht bereits hoch, der Himmel um sie herum ist strahlendblau und wolkenlos.

Für einen kurzen Moment erfasst mich der Anflug einer Panikattacke: Wo ist meine Begleiterin? Sie ist nicht da. Ist sie einfach verschwunden, als ich das Haus verließ?

Aber nein. Sie sitzt leicht versetzt hinter mir und wartet. Wartet wohl darauf, dass ich bereit bin, meinen Gang anzutreten.

Bin ich bereit? Werde ich jemals dazu bereit sein? Sind nicht das Haus, seine Bücher, seine Musik und sein Geruch nach Großvater das, wonach ich mich wirklich sehne? Das und nichts anderes? Möglicherweise ist es so, doch werde ich das erst wissen, wenn ich der Kleinen gefolgt bin. Und, wer weiß, vielleicht werde ich danach wieder ruhiger, vielleicht vermag ich es nach einem ersten Ausflug, hinaus in die mir so fremde neue Wirklichkeit, endlich die Konzentration auf Bücher und Musik finden.

Die Kleine führt mich aus dem Garten, und ich folge ihr, letztlich ohne zu zögern. Denn könnte sie mir irgendetwas Böses wollen? Sie springt vor mir her und wirkt dabei so jung, so unbeschwert. Und auf einmal bemerke ich, dass dieses Geschöpf, so sehr es der Kleinen aus der Unterwelt gleicht, doch ganz anders ist als diese.

Jetzt erst, nach Tagen oder Wochen, sehe ich das Offensichtliche. Jetzt, da sie vergnügt vor mir herläuft, erkenne ich: Bei ihr sind alle Knochen am richtigen Fleck, da ist nichts verschoben und kein Gelenk falsch zusammengewachsen. Sie ist wie die Kleine, ja, aber unversehrt und gesund. Und mir kommen die Tränen. Warum nur? Aus Trauer um die Kleine aus der anderen Welt? Vor Glück, weil dieser Kleinen das Schicksal ihrer Doppelgängerin erspart geblieben ist?

Vermutlich ist es beides, und es ist gut so.

Immer wieder bleibt sie stehen und sieht mich an, wedelt freundlich mit dem Schwanz, als wolle sie mich dazu ermuntern, nicht die Courage zu verlieren. Und ich verliere ihn nicht, meinen Mut, obwohl ich inzwischen seltsamerweise mehr Angst habe vor dem, was kommen mag, als an dem Morgen, da ich ganz allein und ohne auch nur im Geringsten zu wissen, was mich tatsächlich auf dieser Seite der Welt erwartet, die Höhle und mit ihr die grausame Sicherheit der Unterwelt verlassen habe.

Doch die Kleine bestärkt mich, und nun treibt mich auch meine Neugier voran. Ich will wissen, was diese Welt, die Großvater mir so oft beschrieben hat, wirklich zu bieten hat neben dem, was ich in dem Haus bereits vorfand.

Ich erinnere mich noch lebhaft an das letzte Gespräch mit ihm, in dem er von der Schönheit der Welt, seiner Welt, sprach. Und an die Sehnsucht, die sich bei seinen Erzählungen in meinem Herzen regte.

„Wenn du nur wüsstest, wie schön die Welt da oben war! Nein, bestimmt nach wie vor ist. Ich will nicht wahrhaben, dass wir Menschen alles zerstört haben sollen, was uns einst als Lebensgrundlage gedient hat.“

„Weswegen aber sollte man uns anlügen? Weswegen uns festhalten hier im Dunkel, wenn es oben, in der Welt, die du kennst, noch die Möglichkeit gäbe, zu überleben?“

Manchmal suchte ich die Diskussion, auch die Konfrontation, selbst wenn ich wusste, dass ich grundsätzlich den Kürzeren zog gegenüber Großvater. Oft ließ er sich auf das Spiel ein, diesmal jedoch nicht.

„Ach Junge, es gäbe für sie Tausende von Gründen, uns von dort oben fernzuhalten, glaub es mir einfach. Der einzige, den ich gelten ließe, wäre die Angst davor, dass wir noch einmal, und diesmal endgültig, zerstören könnten, was wir bereits gründlich vernichtet haben. Doch ich fürchte, das sind nicht die wahren Motive, uns hier unten zu halten. Sie haben anderes vor, und das ohne uns. Sie wollen die wahre Welt einzig und allein für sich und ihre Zwecke, denn die wirkliche Welt jenseits dieser Finsternis existiert nach wie vor. Ich spüre es im Innersten meiner Seele. Sie ist zu schön, um gänzlich verlorengegangen zu sein.“

Sein Blick begann in die Ferne zu schweifen, in eine andere Zeit, und langsam sammelten sich Tränen in seinen Augen. Ich ahnte, nein, ich wusste, was nun kommen sollte. Es war nicht das erste Mal, und ich genoss diese gedanklichen Ausflüge, so schmerzhaft sie auch sein mochten, nicht nur für ihn, sondern ebenso für mich. Denn auch wenn mir die Vorstellungskraft fehlte, seinen Beschreibungen wirklich zu folgen, so spürte ich doch die Kraft der Schönheit, die hinter jenem vergangenen Leben stand.

„Habe ich dir jemals erzählt, was es bedeutet, den Sonnenuntergang an einer Felsenküste am Meer zu erleben? Mit einem Glas Wein in der Hand und an der Seite eines Menschen, den man liebt? Das Rauschen der gegen die Felsen prallenden Brandung unter sich, die gellenden Rufe der Möwen über sich und ansonsten Weite, unendliche Weite. Und langsam, mit der sinkenden Sonne, verfärbt sich das Blau des Himmels. Er nimmt die unterschiedlichsten Rot- und Violetttönungen an und taucht das immer dunkler werdende Licht der Umgebung in seine eigenen Farben, bis nach und nach das Leben dieses Tages, und mit ihm die Brandung des Meeres, zur Ruhe zu kommen scheint."

Er hielt inne und imitierte das Rauschen der Meeresbrandung; so echt kam mir das Geräusch vor, dass ich glaubte, die Schreie der Möwen zu hören.

„Oder ein Sonnenaufgang im Gebirge, wenn du nichts, aber auch nicht das geringste Geräusch vernimmst außer dem Wind, der um Felsformationen pfeift. Unter dir ein Ozean aus dem Nebel der Täler, vor dir schneebedeckte, wolkenverhangene Gipfel, über dir die letzten Sterne der Nacht. Und dann erscheint der mächtige, milchige Ball der Sonne im Osten, deren Strahlen die Wolken langsam in Nichts auflösen. Selbst die beeindruckendsten Berggiganten wirken mit einem Mal klein und unbedeutend gegen die Macht dieses Lichts, dieser unendlichen Energie des erwachenden Tages."

An der Stelle sah er über mich hinweg, und ich wandte mich um, weil ich, ja, weil ich irgendwie glaubte, da, wo sein Blick hängenblieb, genau dieses Bild, das Bild jener Berge zu finden. Doch da war nichts als die graue Granitwand des Tunnels.

„Aber was rede ich? Dort oben, in der Welt, so wie ich sie noch aus meiner Kindheit und Jugend kenne, dort ist es nicht wirklich notwendig, sich nach solch spektakulären Momenten und außergewöhnlichen Orten zu sehnen. Eine Wiese, ein Wald, ja, selbst ein Baum reicht aus, um dein Herz höherschlagen zu lassen, wenn du bereit bist, dich diesem Leben hinzugeben. Und das wärst du, nicht wahr? Du wärst bereit, ich weiß es! Stell dir einfach nur vor: Du lehnst dich an den Stamm eines mächtigen alten Laubbaums und hältst inne. Du spürst die Rauheit der Rinde und meinst, das Rauschen des Lebens im Inneren dieses Riesen zu vernehmen. Lass los, gib dich einfach deinen Empfindungen hin, und mit einem Mal bist du gefangen in einem eigenen Universum, einem pulsierenden Mikrokosmos im Reigen des Lebens."

Er stockte, als er meinen ungläubigen, zweifelnden Blick bemerkte, und seufzte auf.

„Ach Junge, was gäbe ich darum, dich einfach an der Hand zu nehmen, hinaufzugehen und dir zu zeigen, was ich meine und vor meinem inneren Auge sehe."

Möglicherweise meinte er, die Tränen, die sich nun nicht mehr zurückhalten ließen, vor mir verbergen zu können. Aber ich habe sie bemerkt, ja, ich habe sie bemerkt.

Die Kleine ist stehen geblieben, und ich werde aus meinen Erinnerungen gerissen. Nur wenige Schritte vor mir gluckert etwas im Gras. Ich kenne dieses Geräusch von den künstlichen Kanälen, die wir manchmal auf unseren Wanderungen kreuzten, Großvater und ich. Sie dienten uns meist als Rastplatz, als Wasch- und Trinkmöglichkeit. Ja, ich kenne das Geräusch und weiß auf Anhieb, dass wir an einem Bach angekommen sind, der sich durch die Wiese schlängelt. Und wieder drängt sich Großvaters dunkle, klare Stimme in mein Ohr und mein Gehirn.

Doch was heißt schon „drängt"? Sie ist so wohltuend beruhigend, vertraut und Vertrauen schaffend: *Ein Baum, ja, oder ein Bach, ein kleiner, unbedeutender Bach. Folge ihm entgegen seines Laufs, folge ihm aufmerksam, und du wirst auf diesem Weg das Geheimnis des Lebens entdecken. Leben, das aus diesem kostbaren Element entstammt wie alles Leben auf der Erde. Die Verwandlung einer Kaulquappe in einen Frosch zu erleben, einer unscheinbaren Larve in eine Libelle oder die Entwicklung einer einzigen Laichzelle in ein glitzernd durch das Wasser flitzendes Fischlein, aus dem irgendwann eine ausgewachsene Forelle wird, ist ein Erlebnis, das den Schlüssel zum Geheimnis unserer Existenz darstellt. Und, glaube mir: An der Quelle eines Baches vermag man, wenn man ganz viel Glück hat, die Liebe seines Lebens zu finden. Nein, das ist kein Märchen, mein Junge, das kannst du mir glauben. Es gibt diese Möglichkeit, es gibt sie wirklich.*

Und nun stehe ich vor solch einem Bach. Einem Bach, an dessen Ufer die Kleine mich geführt hat. Ein Zufall? Wie viel Zufall gibt es wohl im Leben? Gibt es Zufall überhaupt, oder ist das Wort nichts als eine Erfindung der Menschen, um Unerklärliches erklärbar zu machen?

Doch jetzt ist nicht die Zeit, über die Existenz oder Nicht-Existenz des Zufalls zu sinnieren. Ich hebe meinen Blick und sehe mich um.

An der Quelle eines Baches vermag man, wenn man ganz viel Glück hat, die Liebe seines Lebens zu finden, das waren Großvaters Worte, und die Kleine hat mich sicherlich nicht zufällig hierher geführt. Oder doch?

Nein, nicht schon wieder Fragen, Zweifel, Zaudern! Habe ich denn eine andere Wahl, als entgegen der Fließrichtung des Wassers die Quelle zu suchen, egal, was mich dort erwarten mag?

In schnellen Schritten, fast hüpfend und so jung, fröhlich und vergnügt wirkend wie nie zuvor, eilt mir die Kleine voraus. Sie kennt den Weg, das, genau das zeigt sie mir in ihrer Unbeschwertheit, und sie weiß, dass ich von jetzt an dem Bachlauf folgen werde, ohne dass sie sich weiter um meinen Verbleib sorgen müsste.

Und so verliere ich sie bald aus den Augen. Kurz flackert Angst in mir auf: Ich werde sie doch wiedersehen, meine neue Begleiterin? Indes, schnell sind diese Bedenken verflogen, entpuppt sich der Bach doch tatsächlich als ein Kaleidoskop nahezu all dessen, was die Natur zu bieten und Großvater mir mühsam und wortgewaltig zu erklären versucht hat.

Blumen säumen das Ufer, die ich bei ihrem ersten Anblick benennen kann, so gut waren seine Beschreibungen. Fische schießen in dem kristallklaren Wasser hin und her, Libellen surren durch die Luft, Wasserläufer gleiten über die ruhige Wasseroberfläche vereinzelter Ausbuchtungen, und eine Ringelnatter schlängelt sich über das Uferbett, auf der Suche nach kleinen Fröschen oder Mäusen.

Die Wiese längs des Baches ist erfüllt vom Summen unzähliger Bienen und Hummeln, und Schmetterlinge in allen Farben gaukeln durch die Luft. Das Zirpen von Grillen liegt durchdringend über der Szene. Für Großvater der Inbegriff des Sommers, dieses Geräusch. Und über all dem der nicht enden wollende Gesang unzähliger, unsichtbarer Vögel.

Ich kann mich nicht sattsehen, nicht sattriechen und nicht satthören, und komme kaum voran auf meinem Weg, obwohl ich doch weiß, nein, ich weiß es nicht, doch ich darf es hoffen, an der Quelle des Bachlaufs das Glück meines Lebens anzutreffen.

Gibt es für mich so etwas wie Glück jenseits meines Lebens mit Großvater und der Kleinen überhaupt? Und wie weit der Weg bis zu diesem möglichen Glück wohl sein mag?

Ich richte meinen Blick nach vorne. Die Wiesen werden am Horizont von Büschen und Hecken gesäumt, hinter denen sich ein ganzer Wald erstreckt. Und irgendetwas sagt mir, dass ich diesen Wald werde erreichen müssen, um meinem Ziel näher zu kommen.

Unvermittelt weitet sich der bis dato schmale Wasserlauf. Ein Reiher steht starr auf einem Bein in dem hier dunklen, ruhigen Wasser, auf der Jagd nach seiner Beute. Und ich halte inne, um ihn nicht zu stören. Plötzlich stößt sein Kopf pfeilschnell in das Wasser, und der lange, dünne Hals taucht bis zur Hälfte in das Dunkel. Sekunden später, länger dauert es nicht, richtet sich der Vogel wieder auf. Er streckt sich und reckt seinen Schnabel gen Himmel. Gerade noch kann ich erkennen, wie er einen silbern glänzenden Fisch verschlingt.

Offenbar ist sein Hunger damit gestillt, denn kurz darauf schüttelt er sein Gefieder, breitet die Flügel aus, schlägt ein paar Mal kräftig damit, so als wolle er seine Kräfte mobilisieren, und erhebt sich, scheinbar schwerelos, in die Luft. Welch beeindruckender Anblick. Die reine, pure, vollkommene Körperbeherrschung.

Ein wenig neidisch blicke ich ihm nach, als er sich, den Körper und die Beine lang gestreckt, die Flügel weit aufgespannt, mit majestätischen Schlägen, schnell immer kleiner werdend, hin zu der sich langsam Richtung Westen senkenden Sonne entfernt. Innerhalb weniger Minuten hat er, so scheint es aus meiner Perspektive zumindest, den Waldrand erreicht. Ob er mein Ziel kennt? Ob er weiß, was mich erwartet?

Auf einmal sind da neue, mir fremde Geräusche. Ich halte inne, versuche mich zu erinnern: Kinderlachen! Ja, das muss Kinderlachen sein. Warum ich mir da so sicher bin? Großvater hatte mir mit Hilfe des Projektors nicht nur Bilder seiner Welt vor Augen geführt, sondern auch lang verstummte Geräusche aus jenen Zeiten für mich hörbar gemacht. Und ja, auch das Lachen von Kindern war darunter.

Ich weiß es noch genau, wenngleich ich damals nicht einmal anhand der Geräusche nachzuvollziehen vermochte, was er mit dem Folgenden meinte: „Wenn Kinder lachen, dann ist das etwas ganz Besonderes. Hier unten in dieser düsteren Welt sowieso, Junge, denn ich glaube, außer uns und ein paar wenigen anderen weiß heute niemand mehr wirklich, wie Lachen überhaupt funktioniert. Und schon gar nicht, welche Bedeutung es für uns Menschen einmal hatte. Aber wenn Kinder lachen, dann ist es so, wie wenn Kinder lieben: vollkommen frei von Ressentiments und Vorurteilen. Sie lachen, weil ihnen etwas gefällt, nicht, weil sie gefallen wollen. Verstehst du den Unterschied, Junge?"

Natürlich habe ich genickt – wie so oft, wie vielleicht viel zu oft. Ich hätte – das weiß ich inzwischen schon lange, aber gerade eben wird es mir wieder schmerzlich bewusst – Großvater viel mehr fragen müssen. Ich hätte viel öfter den Kopf schütteln müssen, einfach nein sagen sollen, wenn ich etwas nicht ganz verstanden habe, wie in dem Fall des Kinderlachens.

Er hätte wohl geseufzt, „Ach Junge" gesagt, leidend und ein wenig verzweifelt geguckt und mich ob meiner Unwissenheit vielleicht tatsächlich bemitleidet. Aber er hätte alles getan, um mir eine zufriedenstellende Antwort zu geben. Doch ich dachte immer, wir hätten noch schier unendlich viel gemeinsame Zeit vor uns dort unten. Ich war, bis zuletzt, bis er sich niederließ und meinte, er sei an seinem Lebensende angekommen, nach 183 Jahren, 87 Tagen, 15 Stunden und 36 Minuten, davon überzeugt gewesen, alle meine noch offenen Fragen von ihm beantwortet zu bekommen.

Doch wie hätte das funktionieren sollen? Mir war klar, dass ich mir selbst etwas vorgemacht hatte. Der Zeitpunkt des Abschieds hätte ohnehin keine Rolle gespielt, er war unvermeidbar, und irgendwelche Fragen wären für alle Zeiten unbeantwortet geblieben. Ein Aufschub hätte nichts als eben das bedeutet: einen Aufschub. Zu glauben, zu einem anderen Zeitpunkt wäre mir ein Abschied von Großvater und der Kleinen leichter gefallen, ist ein Irrglaube, ich weiß es ja selbst. Und doch ist die Vernunft manchmal nicht stark genug, das Herz zu überzeugen …

Kinder, tatsächlich, jetzt sehe ich sie. Und sie kommen direkt auf mich zu. Sollte ich vor ihnen davonlaufen? Mich verstecken? Sie erschrecken? Oder einfach stehenbleiben? Ich entscheide mich für letzteres, sind sie mir doch schon geradezu beängstigend nah.

„Guckt mal! Da ist jemand!"

Wie hell sie klingen, diese Kinderstimmen. Aber merkwürdig: Ich kann sie nicht nur hören, ich kann sie verstehen. Sie sprechen meine Sprache, vielmehr ich dir ihre.

Nein, sie sprechen wie ich Großvaters Sprache. Ja, natürlich. So ist es, und wie sollte es auch anders sein?

„Den hab ich ja noch nie hier gesehen. Schaut nur, was der für eine komische Kleidung anhat."

„Und wie weiß seine Haut ist! Als wäre er noch nie mit Sonnenlicht in Berührung gekommen."

„Vielleicht ist er ja ein Geist aus der Unterwelt."

„Oder ein Alien? Und ist hier mit seinem Ufo gelandet."

„Spinnst du oder was? Geister gibt es doch gar nicht!"

„Und Aliens erst recht nicht!"

„Gibt es wohl!"

„Gibt es nicht!"
„Schaut mal! Der kommt auf uns zu."
„Was? Was will der nur von uns?"
„Keine Ahnung. Vielleicht will er nur mit uns spielen."
„Meinst du? Aber er sieht seltsam aus."
„Na und? Du siehst auch manchmal seltsam aus."
„Und du erst!"
„Und du!"
Plötzlich scheinen mich die Kinder kurzzeitig vergessen zu haben. Sie werfen sich auf die Wiese und beginnen miteinander zu rangeln, bis aus der Ferne ein helles, immer wiederkehrendes Geräusch erklingt. Es kommt aus der Richtung, aus der die Kinder erschienen sind. Das erste von ihnen richtet sich auf: „Hört ihr? Die Kirchenglocken! Los, wir müssen zurück ins Dorf, sonst kommen wir zu spät zum Gottesdienst und werden geschimpft!"
„Oh ja, das stimmt!", bestätigen die anderen im Chor. Und sie laufen davon.
Der Größte hält noch einmal kurz inne und wendet sich zu mir um.
„Schaut, der komische Junge steht immer noch da! Ob er später noch da sein wird? Wollen wir ihn fragen? Der kommt sicherlich von weit her und hat viel zu erzählen. Was meint ihr?"
Auch die anderen drei sind stehen geblieben und sehen sich nun ratlos an.
„Ich weiß nicht", erwidert der Kleinste von ihnen. „Irgendwie macht der mir Angst, so wie er

dasteht und uns anstarrt und keinen Mucks macht und keine Bewegung …"

„Mir auch", fällt ihm ein anderer ins Wort. „Mir macht der auch Angst! So weiß. So fremd. Als käme er aus einer anderen Welt."

„Genau! Aus einer Welt ohne Sonnenlicht."

„Also lasst uns später lieber woanders spielen!"

Wie gerne würde ich sie aufhalten, die vier Kinder, um ihnen ihre Angst vor mir zu nehmen. Aber würden sie Verständnis haben für das, was ich ihnen erzählen könnte über mich und mein bisheriges Leben? Oder würde ich sie damit in noch größere Angst versetzen? Es käme auf einen Versuch an, doch sie sind schon fast unerreichbar fern.

Angst! Eines meiner letzten Gespräche mit Großvater drehte sich um das Thema Angst.

„Großvater?"

„Ja, Junge?"

„Ich habe Angst!"

„Ich weiß, mein Junge."

Natürlich wusste Großvater viel, dessen war und bin ich mir bewusst. Aber dass er auch um meine Angst wusste?

„Aber woher weißt du das?"

„Weil jeder Mensch Angst hat. So wie jeder Mensch liebt und jeder Mensch trauert."

„Aber Angst ist nicht schön, Großvater. Und sie sitzt so tief in mir. Sie raubt mir manchmal nachts den Schlaf und tagsüber die Lust am Leben. Und dann bekomme ich Magenschmerzen und Übelkeit befällt mich und …"

„Ja, das ist die Angst. Das ist ihre Art, auf sich aufmerksam zu machen. Wovor fürchtest du dich am meisten?"

„Vor vielen Dingen, wenn ich ehrlich bin. Aber am meisten davor, allein zu sein."

Diesem letzten Satz folgte eine bemerkenswerte Szene: Es war einer dieser seltenen und mir so immens kostbaren Momente, da Großvater mich in seine Arme nahm.

„Weißt du, was die Angst so groß macht? So groß wie Liebe und Trauer und manchmal sogar noch größer?"

Ich schüttelte nur den Kopf, denn ich brachte keinen Ton heraus.

„Es gibt im Grunde niemanden, der dir helfen kann, deine Angst zu überwinden, außer dir selbst. In der Liebe bist du nie allein, bei der Trauerarbeit gibt es Helfer, und seien es deine Erinnerungen. Aber Ängste zu überwinden ist deine alleinige Aufgabe, bei der dir nichts und niemand beistehen kann. Und wenn du die eine Angst überwunden hast, heißt das nicht, dass du gegen andere Ängste ebenso erfolgreich bist, geschweige denn, vor anderen Ängsten gar gefeit wärst."

Mir wurde auf einmal kalt. Obwohl die Temperatur bestimmt nicht auch nur um ein halbes Grad gesunken war. Ja, auf einmal empfand ich dieses mir bislang so unbekannte Gefühl der Kälte – und begriff zugleich, was Wärme bedeutet. Die Kälte kam auch nicht von außen, sie war in mir, in meinem Bauch, da hockte sie, zusammen mit der Angst.

„Ich weiß, Junge, das ist kein Trost. Ganz gewiss nicht. Aber das Wissen, allein zu sein mit seinen Ängsten, kann durchaus stark machen. Glaube mir, ich habe es selbst erlebt. Ich sah das Ende der Welt da oben kommen, sah es und ahnte, was folgen würde – wenngleich ich die Finsternis unserer Wege hier durchaus unterschätzt habe – und konnte doch nichts dagegen tun. Die Ängste kamen, blieben und wuchsen, bis sie mich fast auffraßen und nahezu blind machten für alles, was neben ihnen existierte. Und so verlor ich die Liebe, und die Trauer, und den Trost. Bis ich die Kleine fand und sie dich."

Schweren Herzens mache ich mich auf meinen weiteren Weg. Die Kinder, ja, selbst die, laut Großvater doch so frei von Vorurteilen, scheinen erkannt zu haben, dass ich nicht wie ihresgleichen bin. Tatsächlich haben sie ganz offensichtlich Angst vor mir, obwohl Großvater doch so oft davon berichtet hat, wie unbeschwert sie mit ihrer Umwelt umzugehen in der Lage sind.

Mag sein, dass die Distanz seine Erinnerung getrübt und in weichgespültes Rosarot getaucht hat. Oder aber die Zeiten haben sich geändert, auch hier oben, in dieser, ehemals seiner Welt. Oder aber ich sehe doch so anders aus als alles, was diese Kinder bisher gesehen haben, und sie müssen einfach Angst haben vor mir.

Immerhin: Es gibt sie noch auf dieser Welt, die Kinder, von denen Großvater erzählte. Und ich weiß, ich bin nicht gänzlich allein hier oben, irgendwie zumindest.

Inmitten der Wiese, über die die Kinder aus meinem Blickfeld enteilt sind, steht ein mächtiger alter, weithin sichtbarer Baum. Eine Linde möglicherweise. Großvater meinte, Linden stünden oft allein und wuchtig und präsent.

Stell dir vor: Du lehnst dich an den Stamm eines mächtigen alten Laubbaums und hältst einfach inne. Du spürst die Rauheit der Rinde und meinst, das Rauschen des Lebens im Inneren dieses Riesen zu vernehmen. Lass los, gib dich einfach deinen Empfindungen hin, und mit einem Mal bist du gefangen in einem eigenen Universum, einem pulsierenden Mikrokosmos im Reigen des Lebens.

Das hatte Großvater gesagt, und wenn nicht jetzt, wann dann sollte ich dieser Aufforderung nachkommen? Also verlasse ich den Bachlauf und überquere die Wiese, bis ich an dem Ehrfurcht gebietenden Baum ankomme. Seine Krone spannt sich weit ausladend über mir auf. Das dichte Blätterdach verhindert, dass Regen bis zum Boden durchdringt; die Wiese weicht zurück und hinterlässt sandige braune Erde.

Ich setze mich, lehne mich gegen den uralten Stamm und nehme in mich auf, was ich empfinde. Doch da ist nichts, nichts als die Geräusche der Wiese und des Windes in den Blättern über mir.

Ich bin enttäuscht. Sollte Großvater die Unwahrheit gesagt haben? Oder bin ich nicht fähig, das zu spüren, was ein Mensch zu spüren in der Lage sein sollte? Wo ist das Leben des Baumes? Ich höre es nicht! Ich presse meinen Oberkörper gegen den Stamm, bis die raue Rinde sich fast schmerzhaft in meine Haut bohrt, doch darüber hinaus? Ich spüre sie nicht, die pulsierende Kraft des Baumes.

Die kleine Hündin, zu mir zurückgekehrt, hat sich neben mich gelegt und sieht zu mir auf. Ihr Blick scheint mich aufzufordern, mich neben sie zu legen. Also tue ich das. Liege auf dem Rücken und sehe hinauf in den Laubhimmel. Leiser Wind fährt durch das Geäst, bewegt das immense Grün über mir.

Aus der Masse von Millionen und Abermillionen Blättern formen sich langsam Gesichter und Gestalten. Großvater taucht vor mir auf und verschwindet wieder, die Kleine, wie sie um mich herumspringt mit ihrer scheinbar lachenden Fellschnauze. Erneut das Gesicht meines jahrelangen Begleiters und Lehrers, weinend, lächelnd, vergnügt und besorgt. Die Umrisse der jungen Frau, ihr nackter Körper, wie er sich aus seiner Pose erhebt, sich dehnt, streckt und wieder in sich zusammensinkt.

Das Rauschen des Laubes wird zu Murmeln, als spräche Großvater zu mir, so, wie er mit mir redete, wenn ich spätabends an der Grenze stand zwischen Wachen und Schlaf.

Und aus dem Stamm heraus, aus den Ästen, aus den Wurzeln und der Krone erklingt – jetzt, endlich vernehme ich es: das Pulsieren des Lebens.

„Nimm dir Zeit, das Leben zu entdecken!", hatte der weise Mann mich wieder und wieder ermahnt. „Das Leben und seine Geheimnisse erschließen sich uns nicht von einem auf den anderen Augenblick. Du musst Geduld haben. Mit dir und den Dingen und Wesen, die du erkennen und verstehen möchtest."

Ja, Zeit. Ich sollte sie haben, und doch drängt mich irgendeine Macht voran. Also löse ich mich aus den Bildern und Stimmen über mir, unter mir und in mir, bereit, der Kleinen zu folgen, die sich kräftig schüttelt, während ich mich erhebe, als müsse sie sich von Träumen und Schlaf befreien wie die Unterweltskleine unzählige Male vor ihr. Sie führt mich zurück an den Bach, dem wir weiter folgen.

In Gedanken versunken, vergesse ich nach und nach das Leben um mich, bis ich mich plötzlich inmitten des Waldes befinde. Langsam, fast unmerklich verändert sich das Licht, allein daran merke ich, dass ich in einer anderen Umgebung bin. Es wird dunkler, doch nicht etwa, weil der Tag zu Ende ginge, nein, weil sich das Dach der riesigen Laubbäume langsam zu schließen beginnt. Aber noch fällt das Sonnenlicht kaskadenartig durch das zarte Grün. Es muss später Frühling sein, zumindest wenn ich das hier vergleiche mit dem, was Großvater mir mühsam zu beschreiben versucht hat.

So leicht, so luftig kann das Blattwerk der beeindruckend mächtigen Bäume wohl nur im Frühjahr sein.

Ist das ein Wald, wie ich ihn mir nach Großvaters Berichten vorgestellt habe? Habe ich das alles so vor mir gesehen? Ich weiß es nicht ... Buchen sind es, so scheint mir, aus denen der Wald überwiegend besteht. Sofern mich mein Gedächtnis hinsichtlich der Beschreibungen nicht trügt. Ja, Buchen: das glatte Grau der Rinde, die zart gerippten Blätter.

„Buchen musst du suchen, vor Eichen sollst du weichen" – wie gut hat er mir gefallen, dieser Spruch, als ich ihn zum ersten Mal las. Auch wenn Großvater meinte, die Aussage wäre Unsinn. Dennoch stellte ich mir Buchen seither immer als etwas unheimlich Schönes und Sanftes vor. Eichen hingegen: Allein der Klang des Wortes trägt für mich etwas Unheimliches und Wildes in sich. Insofern bin ich froh, dass es sich wohl um einen Buchenwald handelt, den ich betreten habe, auch wenn ich Eichen vermutlich in dem Moment als ebenso wenig Furcht einflößend empfände.

Aus der Ferne erklingen Töne, die neu für mich sind. Wie so viele Geräusche dieser neuen Welt eben auch. Doch diesmal ist es anders, denn die Kleine bleibt stehen und hebt den Kopf. Geradezu entrüstet wirkt sie und gibt ein leises Knurren von sich.

Da wird mir klar, dass es sich um Bellen handelt, das aus der Ferne zu vernehmen ist, das Gebell eines anderen Hundes. Ich erkenne es, auch wenn es anders klingt als das aufmunternde vertraute Bellen meiner Begleiterin. Ernst, ja geradezu wütend und aggressiv, als stelle es eine Warnung dar: „Ich bin nicht allein“ soll es vielleicht bedeuten, und „Es ist nicht alles so friedlich, wie es bislang scheint“.

So unvermittelt, wie sie begonnen haben, verstummen die fernen Laute wieder, und scheinbar zufrieden setzt die Kleine ihren Weg fort, der uns immer tiefer in den Wald führt.

Es ist nochmals eine andere Welt, in der ich mich jetzt bewege. Das Leben scheint in diesem Umfeld gänzlich zur Ruhe gekommen zu sein, befriedet von dem Licht, dem sanften Rauschen der Äste im Wind, dem Rascheln des letztjährigen Laubes unter meinen Füßen. Ich fühle mich geborgen. Da ist nichts, was mir Angst macht, und die Kleine, sie hüpft unbekümmert voran.

Nichts ist mehr zu hören, seit der Hund in der Ferne verstummt ist, nichts zu hören von dem Lärmen und Toben der menschlichen Welt, welches, so Großvater, das Leben auf der Erdoberfläche in dessen letzter Phase geradezu zu einer Qual gemacht hatte. Das Rauschen der Bäume, ein vereinzelter Vogelruf, das Knistern des Laubes auf dem Weg, und ansonsten Ruhe, nichts als tiefe, glückliche, friedvolle Ruhe.

Der Bach, dem ich bis hierher folgte, begleitet mich noch immer, auch wenn er nurmehr ein Rinnsal ist, immer wieder zwischen ausladenden Farnen und riesigen Mooskissen nahezu vollständig versickernd. Ein jedes Mal, wenn ich für einen kurzen Moment seine Spur zu verlieren glaube, erschrecke ich. Kein Wunder, fürchte ich doch, dass die Quelle möglicherweise unsichtbar im Verborgenen liegt und sich mir gar nicht als solche zu erkennen gibt. Und wo fände ich dann das Glück, das laut Großvaters Aussage vielleicht auf mich wartet an dem Punkt, da der Wasserlauf seinen Anfang nimmt?

Der Wald verändert ständig sein Gesicht. Aus dem lichten Laubwald wird ein bedrängend dichter Fichtenhain, der in einen von uralten Tannen geprägten Hochwald übergeht. Dieser wiederum wandelt sich in Mischwald und zurück in den sanften Buchenwald, der er zu Beginn gewesen ist. Alle Arten von Schatten begleiten mich auf meiner Wanderung, alle Arten von Geräuschen, die den unsichtbaren Bewohnern dieses Lebensraums entspringen mögen.

Manchmal zucke ich zusammen, wenn ich mich selbst aus meiner Konzentration reiße, um ja nichts zu verpassen von diesem faszinierenden Umfeld, das sich immer wieder neu zu erfinden scheint. Nur die Kleine, sie scheint von alldem unbeeindruckt und geht stoisch ihren Weg, unerschütterlich auf ein nur ihr bekanntes Ziel ausgerichtet.

Mein Rucksack, den ich mitgenommen habe auf meine Wanderung, wird unterdessen immer leichter – obwohl ich ihm nichts entnehme. Ich mag mich täuschen, vermutlich ist es so, doch vielleicht ist er auch Sinnbild all des Ballasts, der von mir abfällt hier in dieser neuen Welt, in diesem Wald, der so unbekümmert, so frei von allen Sorgen und Nöten zu sein scheint, und diese Sorglosigkeit irgendwie auf mich überträgt. Ich kümmere mich nicht mehr darum, wohin oder wie weit ich gehe und ob ich jemals dahin zurückfinde, wo ich herkam. Es wird schon richtig sein, so wie es ist – das ist das Gefühl, das mich beherrscht und von dem ich mich gänzlich einnehmen und führen lasse.

Und dann, ja dann bin ich auf einmal nicht mehr allein mit der Kleinen.

Als erstes registriere ich den Duft, neu und aufregend und anders als jeder Geruch, den ich bisher hier, in dieser neuen Welt, wahrnehmen durfte. Mein Magen schlägt Purzelbäume, obgleich es nur ein Hauch ist, der da in der Luft liegt. Ich weiß nicht, woher der Duft stammt, was er zu bedeuten hat, doch eine erste Ahnung regt sich, die zur Gewissheit wird, als ich eine helle Lichtung betrete und eine zierliche Gestalt auf einem Stein sitzen sehe.

Wie schön sie ist. Ich habe sie schon von Weitem erkannt.

Die Kleine scheint vertraut mit ihr, hat sie sich doch neben dem Stein niedergelassen, so, als sei ihre Mission nun erfüllt, und als müsse sie nurmehr auf mein Eintreffen warten. Mit jedem Schritt, den ich mich dem Zentrum der Lichtung nähere, erkenne ich die Gesichtszüge der jungen Frau deutlicher wieder.

Sie ist es, das Mädchen, die junge Frau von der Fotografie, die ich nicht vergessen kann. Kein Zweifel, sie ist es, habe ich dieses Foto doch schier unzählige Male betrachtet und ihre Gestalt verschlungen mit meinen Augen. Und nun? Sitzt sie wirklich da vor mir? Ist sie es, leibhaftig und lebendig? Und falls dem so ist, ist sie mein Ziel? Bin ich etwa an der Quelle angekommen? Wartet sie, diese junge Frau, am Ausgangspunkt dieses wundervollen kleinen Baches tatsächlich und ausgerechnet auf mich?

Die Kleine, vielmehr ihre Doppelgängerin, kommt zu mir zurück und leckt sanft am Daumen meiner linken Hand. Seltsam, das hat die echte, nein, die erste Kleine immer ausnehmend gerne gemacht, vom ersten Moment an, da sie mich an sich heranließ. Immer war es der Daumen meiner Linken gewesen, den sie besonders ausgiebig ableckte und an dem sie manchmal ganz zärtlich und sanft mit ihren kleinen, spitzen Zähnen knabberte, bis es kitzelte.

„Daumenlutscher" nannte ich sie deshalb gerne neckend, was wiederum ein nicht gerade erfreutes Brummen seitens Großvaters provozierte, so er diesen Ausdruck hörte. Für ihn war es – wieder einmal – der Versuch, ein Tier, nein, nicht etwa irgendein Tier, vielmehr die Kleine, zu vermenschlichen.

So steht sie also neben mir, die Ohren angelegt, vollkommen still und auf meinen Daumen konzentriert und leckt und knabbert und zieht letztendlich daran, auf dass ich mich in Richtung der jungen Frau bewegen sollte, die auf einem quaderförmigen, glatten Stein sitzt wie auf jenem Foto. Sie sitzt da, nur bekleidet mit etwas, das wirkt wie ein Schleier, und ich glaube, sie wartet tatsächlich auf mich.

Wie die Szene eines Märchens, schießt es mir durch den Kopf, *eines dieser unsinnigen, albernen Märchen von Prinzen und Prinzessinnen, voller Recht und Gerechtigkeit – und voller Gewalt!*

Großvater hatte mir anfangs in Nächten, wenn die subtilen Albträume meines Vorlebens mich nicht zur Ruhe kommen ließen, ab und an Märchen zu erzählen versucht. Bis er merkte, dass mich diese Geschichten immer nur noch unruhiger werden ließen. Und in der Tat: Ich kann es bis heute nicht begreifen, dass Kinder Märchen lieben sollen.

Doch egal. Sie sitzt da, als wäre sie einer solchen Märchenhandlung entsprungen, als müsste im nächsten Augenblick ein strahlender Königssohn auf einem goldenen Einhorn die Szene betreten, sie an der Taille fassen, auf sein Reittier heben und mit ihr durch die Lüfte entschweben, auf dass ich, als dummer armer Zwerg, einsam und verlassen, heulend und zeternd zurückbliebe.

Doch nichts dergleichen geschieht. Sie sitzt da, blickt mir entgegen und wartet darauf, dass ich näher komme.

Geführt von der Kleinen gehe ich auf sie zu, wage es, ganz nah an die junge Frau heranzutreten. Ich nehme den Duft in mir auf, der von ihr ausgeht, diese Frische, Reinheit und Lebendigkeit, fern, Welten entfernt von den dumpfen Gerüchen der Unterwelt. Jenen Gerüchen, die mir, ich weiß es selbst am besten, noch immer und möglicherweise für alle Zeiten anhaften, unauslöschlich, wie ein Brandmal.

Die Kleine hat meinen Daumen losgelassen, geht zu ihr, legt sich an ihr Bein, rollt sich zusammen, schmiegt den Kopf an den nackten Fuß, schließt die Augen und scheint innerhalb weniger Sekunden eingeschlafen zu sein.

Und ich? Auch ich gehe zu ihr, zu der jungen Frau, die noch schöner ist als auf dem Bild, und fasse all meinen Mut zusammen: „Ist das hier die Quelle dieses Baches? Und hast du hier extra auf mich gewartet?"

Sie nickt. Noch hat sie keinen Ton gesagt.

„Hat Großvater dich geschickt? Sollten wir uns hier treffen?"

Ein Lächeln huscht über ihr makelloses Antlitz. Erneut nickt sie, und ihre Augen strahlen wie tausend glänzende Sterne.

„Wie schön du bist, und wie hässlich ich bin neben dir. Ich … Ich …"

Und obwohl ich ja weiß, dass es so ist, muss ich die eine Frage dennoch stellen: „Du bist die Frau auf der Fotografie, nicht wahr? Wie heißt du?"

„Ich bin Marie", antwortet sie, mit einer Stimme, die mir fast den Verstand raubt, so schön ist ihr Klang, selbst in diesen wenigen, einfachen Worten. Sie ist Marie …

Sie beugt sich leicht vor in meine Richtung, Marie, legt ihre Hand auf meine Lippen und verhindert so, dass irgendein Unsinn aus meinem Mund hervorkommt. Unsinn, der den Zauber dieser Situation zerstören könnte. Dann fasst ihre andere Hand um meinen Nacken und zieht meinen Kopf ganz nah an ihr wunderschönes Gesicht. Es ist eine sanfte, fast schüchterne Begegnung, als unsere Lippen sich kurz, fast unmerklich berühren.

„Herzlich willkommen in meiner Welt", flüstert sie, und dann drückt Marie mir einen festen, warmen, weichen Kuss auf den Mund. Ihre Zunge bahnt sich den Weg zwischen meine Lippen, hin zu meiner Zunge, und ich spüre: das Leben!

Was für ein Gefühl, was für ein Empfinden. Schleusen tun sich auf in mir, ich lasse los und halte nicht zurück, was nicht mehr zurückzuhalten ist. Und Marie? Sie nimmt mich auf in ihrer Welt.

Als ich zwischenzeitlich aufblicke, registriere ich, wie die Kleine sich von uns entfernt. In ihrem so charakteristischen Gang, den Schwanz stolz aufgerichtet. Am Rande der Lichtung bleibt sie noch einmal kurz stehen und wendet sich zu mir um. Sie legt die Ohren an und scheint zu lächeln, ja, zu lachen, als sie uns in unserer Umarmung sieht, Marie und mich. Ich lächle zurück und winke ihr kurz zu. Dann taucht sie unter im Grün des Waldes.

Ist ihr Verschwinden der Preis, den ich zu zahlen habe für Marie? Nur kurz erschreckt mich dieser Gedanke, dann versinke ich wieder in dem eben gefundenen Glück.

Es ist erneut eine andere, eine sinnliche und betörende, eine weitere mir vollkommen fremde

Welt, in die Marie mich während dieser Stunden entführt.

Endlich erfahre ich, was Großvater meinte, wenn er von der körperlichen Liebe sprach. Endlich vermag ich seinen verklärten Blick zu deuten und vieles andere. Großvaters nächtliches verzweifeltes Stöhnen zum Beispiel. Seine geheimen Tränen und die abgrundtiefe Trauer, die von Zeit zu Zeit über ihm lag. Das alles verstehe ich erst jetzt und hier, mit und bei Marie, die mir zeigt und gibt, was ich mir niemals wirklich hatte vorstellen können dort unten, im ewigen Zwielicht der Unterwelt. Und auch nicht in der Welt der Bücher und der Musik.

Es ist bereits dunkel, als ich wie aus einem Rausch erwache. Marie neben mir, auf mir, zwischen mir. Ich lege meinen Kopf auf ihren warmen, weichen, erregend nach Leben und Liebe duftenden Schoß, und unwillkürlich kehrt meine Lust zurück.

Dann aber spüre ich eine kühle, starke Hand auf meiner fiebrig-heißen Stirn und werde ruhig. Schließe meine Augen, lasse die Geborgenheit auf mich wirken, lasse Maries Liebe ein in jede Pore meines Körpers, lasse mich treiben und gleiten und führen und ergebe mich vollständig in ihre Macht und ihre Liebe.

Bis ich endlich satt bin, satt, zufrieden und müde. Marie bei mir wissend, schließe ich die Augen, halte sie fest, ganz fest in meinen Armen, und schlafe ein.

Epilog

Noch immer ist es dunkel um mich herum, als ich die Augen wieder öffne. Die Luft riecht modrig, verbraucht, nicht so frisch und herzhaft und lebendig wie die Luft an der Quelle des Bachlaufs. Wo ist sie nur, meine Marie?

Nichts ist zu sehen. Es ist so finster, wie es nur an einem Ort sein kann. Mir wird bang ums Herz, als die Ahnung sich ihren Weg bahnt und schließlich zur Gewissheit wird. Meine Hände tasten die Umgebung ab. Ich bin nicht allein, etwas ist da in der Nische neben mir. Es ist eine Decke, rau und grob, so, wie es die Decken der Unterwelt sind. Die Erinnerung kehrt wieder, langsam, beharrlich, unbeirrbar. So wie das ewige Dämmerlicht der Unterwelt die tiefe Finsternis um mich ein wenig verdrängt, bis ich ihrer beider Konturen erkenne: Großvater liegt da neben mir, kalt und tot, und an seiner Seite die Kleine, leblos und starr wie er.

Ich hebe ihre Bedeckungen an. Friedlich sehen sie aus, so eng aneinandergekuschelt. Mein Blick fällt auf Großvaters Hände, die er auf seiner Brust gefaltet hat im Tod.

Er hält etwas, und ich weiß, was es ist: Ein dünnes Büchlein, mit einem handgeschriebenen Text. Sein Buch, seine Geschichte. Ein Bild steckt zwischen den pergamentartigen Seiten. Es ist das Foto der einst namenlosen jungen Frau. Das Foto von Marie.

Großvater und die Kleine liegen da, als schliefen sie. Doch ich weiß, sie sind tot, und ich weiß, dass ich mich jetzt auf meinen Weg machen muss, hinauf in die Welt, die ich eben in meinen Träumen bereits durchwandert habe.

Ja, es war ein Traum, nur ein Traum, der mir eine Realität vorspielte, die es möglicherweise nicht gibt und nie gab. Das Haus, die Bücher, die Musik. Die Doppelgängerin der Kleinen, der Bach, die Wiesen, der Wald, und vor allem Marie, die auf mich wartete an der Quelle – es war alles nur ein Traum, nichts weiter.

Ich stehe also noch immer erst am Anfang meiner Reise hin zu meiner Zeitenwende, bin noch immer gefangen in der Dunkelheit der Zwischenweltenzeit. Doch immerhin: Die Hoffnung, dass es so sein könnte, wie ich es im Traum erlebt habe, diese Hoffnung habe ich – und ich gebe sie nicht mehr her. Diese Hoffnung wird mich antreiben und mir die Kraft geben, den Weg hinauf zum Ziel tatsächlich zu beschreiten. Hinauf in die Freiheit, in das wirkliche Leben, von dessen Existenz mir Großvater unzählige Male voller Leidenschaft, Hingabe und Liebe erzählte.

Ja, ich werde den Weg beschreiten, denn ich weiß: Ich werde mein Ziel finden.

Danke

An dieser Stelle möchte ich all denen danken, die mir dabei halfen, dieses Buch zu realisieren: Dem ganzen Verlagsteam, das von Beginn an mit Begeisterung hinter dem Projekt stand, Kristy Husz für ihre wertvollen Tipps als Probeleserin und vor allem Tanja Drechsel, die während der Lektoratsphase immer die richtigen Frage stellte und mit ihrer einfühlsamen Art viel dazu beitrug, dass „Zwischenweltenzeit“ zu dem wurde, was es ist.

Mein größter Dank aber gebührt dir, Biba. Denn ohne dein Verständnis und ohne die Freiräume, die du mir immer wieder aufs Neue schaffst, wäre das Schreiben von Büchern eine Utopie für mich.